柳内たくみ
Yanai Takumi
Illustration:黒獅子
ゲート
自衛隊
彼の海にて
斯く戦えり
2.

海面から
上半身を出した
ケミィが
手を振った。

足ヒレを装着し、マスクの内面に曇り止めを塗布した徳島は答えた。
「今、終わりました。用意よし！」
海自隊

ゲート SEASON2
自衛隊　彼の海にて、斯く戦えり
2. 謀濤編〈上〉

A L P H A L I G H T

柳内たくみ
Takumi Yanai

アルファライト文庫

主な登場人物 Main Characters

徳島甫《とくしまはじめ》

海上自衛隊二等海曹。
特務艇『はしだて』への配属
経験もある給養員（料理人）。

江田島五郎《えだじまごろう》

海上自衛隊一等海佐。
情報業務群・特地担当統括官。
生粋の“艦”マニア。

オデット・ゼ・ネヴュラ

翼皇種《アヴィ》の少女。
戦艦オデット号の船守り。
プリメーラの親友。

プリメーラ・ルナ・アヴィオン

ティナエ統領の娘。
極度の人見知りだが酒を飲む
と気丈になる『酔姫』。

シュラ・ノ・アーチ

帆艇アーチ号船長。
正義の海賊アーチ一族。
プリメーラの親友。

シャムロック・ハ・エリクシール

ティナエ政府
最高意思決定機関
『十人委員会』のメンバー。

ケミィ

海で暮らす
アクアス族の女性。
人魚のような特徴を持つ。

メイベル・フォーン

亜神ロゥリィとの戦いに敗れ、
神に見捨てられた亜神。
徳島達と行動を共にする。

オー・ド・ヴィ

ティナエ諜報機関
『黒い手』の一員。
プリメーラの船に乗り込む。

その他の登場人物

エドモンド・チャン	特地碧海で行方不明となったジャーナリスト。
黒《くろ》川《かわ》雅《まさ》也《や》	海上自衛隊の潜水艦『きたしお』の艦長。
黒《くろ》川《かわ》茉《ま》莉《り》	二等陸尉。中央病院勤務の看護師。
アマレット	プリメーラ付きのメイド長。
シェリー・ノーム・テュエリ	伯爵令嬢。菅原家に寄宿している。
菅《すが》原《わら》浩《こう》治《じ》	日本の外務官僚。
望《もち》月《づき》紀《のり》子《こ》	かつて帝国に拉致されていた女性。
イスラ・デ・ピノス	シャムロックの秘書。

特地アルヌス周辺
碧海
グラス半島
アヴィオン海

●ロンデル
帝都●
●イタリカ
◎アルヌス
エルベ藩王国
トュマレン
碧　海

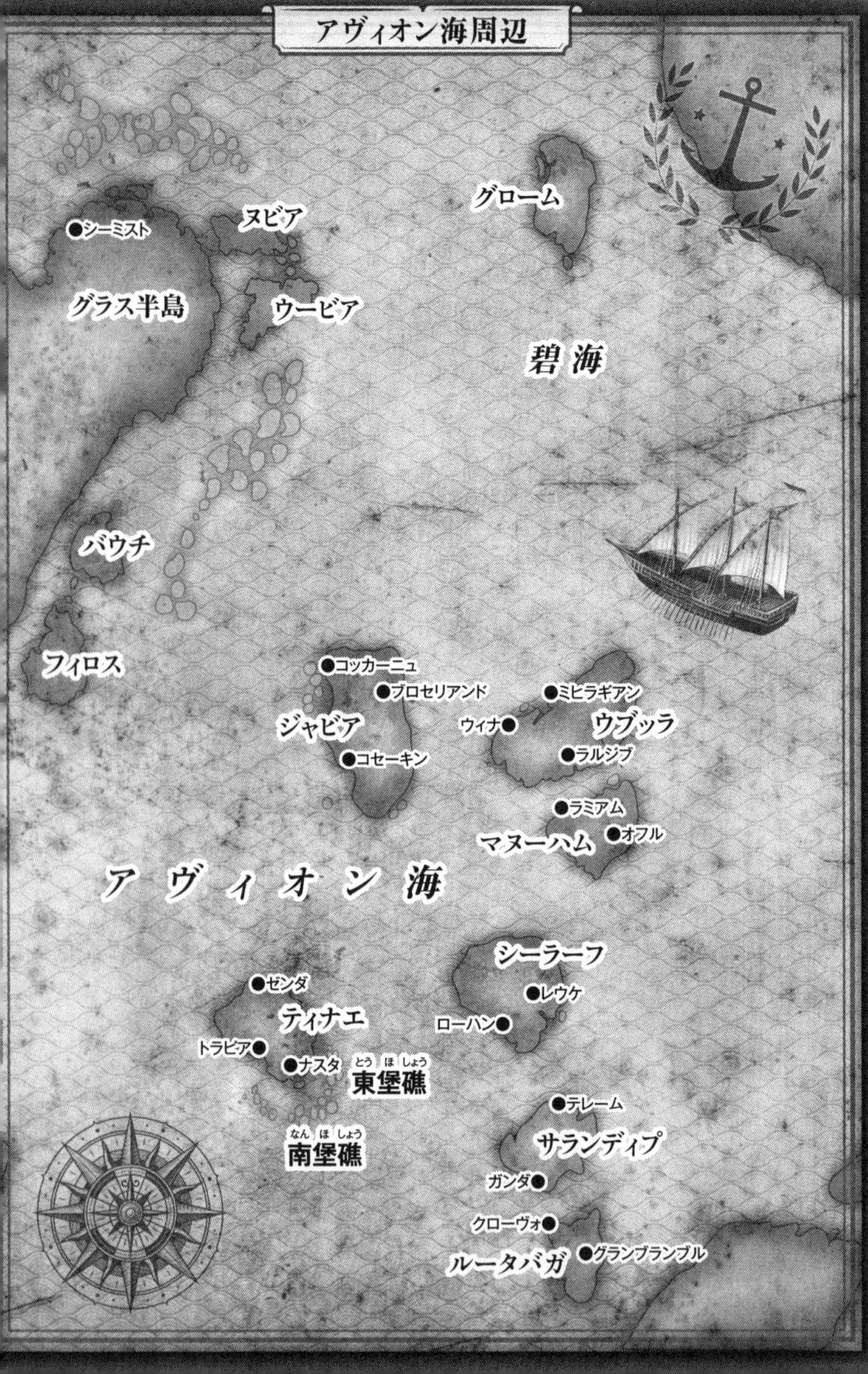
アヴィオン海周辺
グローム
ヌビア
シーミスト
グラス半島
ウービア
碧海
バウチ
フィロス
コッカーニュ
ブロセリアンド
ジャビア
コセーキン
ミヒラギアン
ウィナ
ウブッラ
ラルジブ
ラミアム
マヌーハム
オフル
アヴィオン海
シーラーフ
ゼンダ
レウケ
ティナエ
ローハン
トラビア
ナスタ
東堡礁《とうほしょう》
テレーム
南堡礁《なんほしょう》
サランディプ
ガンダ
クローヴォ
グランブランブル
ルータバガ

序

特別地域／アヴィオン海／北緯二八度二〇分・東経一四度五八分
ロンデル標準時一八四四《ひとはちよんよん》時――

特地アヴィオン海の怪物『鎧鯨《よろいくじら》』の群れの襲撃により、下腿《かたい》を失ったオデット・ゼ・ネヴュラは、突如浮上した海上自衛隊特地派遣潜水艦隊所属『きたしお』に収容された。

潜水艦の通路は人間一人がなんとか通れる程度の横幅しかない。

誰かと行き会《ゆ》ったら身体を横にしてようやくすれ違えるほどだ。

白い翼人《よくじん》の娘を抱きかかえた海上自衛隊二等海曹、徳島甫《とくしまはじめ》は叫ぶ。

「通路を空《あ》けてくれ！」

「お、おうっ！」

女の子一人抱きかかえていてはなおのこと通りづらい。だが、臑《すね》から下を失ったオデットの姿を見た乗組員達は、潜航準備で忙しいというのに逃げるようにして道を空けてくれた。さらにゴムシートを敷き詰めた床に点々と落ちた彼女の血液を掃布《ソーフ》（モップ）で拭くことすらしてくれたのだった。

「先生！」

士官食堂は緊急時には手術室となる。全ての支度は連絡が入った段階で衛生員の手で済まされており、医官の湊《みなと》三《み》等海佐が患者を待っていた。

しかしオデットの姿を診た瞬間、湊三佐は盛大に舌打ちした。

「両下肢《りょうかし》のギロチン式切断なんて聞いてないぞ！　しかもこの娘、翼背負《しょ》ってるじゃないか⁉」

「何か問題があるんですか？　翼皇種《アヴィ》だと治療できないとか？」

オデットを治療台に横たわらせた徳島の問いに、湊は答えた。

「骨の作りが微妙に違うんだそうだ。どれどれ……患部の両下肢断端《だんたん》からは頸骨《けいこつ》、腓骨《ひこつ》が見えて、それを包《つつ》むように下腿の筋肉、その隙間からは前頸骨動脈、深腓骨神経、頸骨動脈、後頸骨動脈、頸骨神経等々が見える……患部については俺達と全く同じだな。なら、やることも同じでいいってことか。それじゃラインの確保と輸液！　生食《せいしょく》のパックをごっそり持ってこい。それと誰か艦長にこのまま手術すると伝えろ！　麻酔《ますい》をするぞ！」

その言葉を合図に、医官の助手でもある衛生員が弾《はじ》かれたように仕事にとりかかった。まず止血に使っていたロープを外して床に捨てるとカフ式ターニケットで脚の血流を抑える。

医官は傍《かたわ》らに突っ立ってオデットの傷口に見入っていた徳島に命じた。

「おい、徳島。ぼやっとしとらんで今の時間をそこらの壁に書け！」

「は、はい？」

「ターニケットで止血した時間だ。定期的に血を通わせないと組織が壊死《えし》してしまうからそれを防ぐための記録だ。分単位で正確にな！」

「は、はい」

徳島は言われるままにグリスペンを取ると、士官食堂の壁に「止血開始1848《ひとはちよんはち》」と大書《たいしょ》する。慌てて書いたせいか、酷く形の歪《ゆが》んだ字になってしまった。

「徳島、この娘に何があった？　機械か何かに巻き込まれたのか？　それともサメにでも食いつかれたのか？」

「サメみたいなもんです。海に引きずり込まれるかどうかの瀬戸際で、斬るしか仕方がなくって」

徳島は、重苦しい表情で腰の骨裁ち鉈《クリーバー》に軽く右手をあてる。そして鞘《さや》の中で包丁がカタカタと音を立てたことでようやく気付いた。手が震えているのだ。壁に書いた字が歪んだのも、この震えのせいだった。

もちろん理由は分かっている。オデットを二度と歩けない身体にしてしまったからだ。それしか方法がなかったのだから仕方がない。仕方がなかったと自分に言い聞かせてはいるが、骨裁ち鉈《クリーバー》を振り下ろした瞬間のゴリッという骨を断つ感触は嫌でも手に残っていた。そしてその時の彼女の悲鳴も、耳に残って消えない。正しいからといって何も感じない訳ではないのだ。

しかし医官は言い放った。

「よくやった、お前は最善を尽くした！　後はこっちで何とかしてやる。命だけだがな！」

衛生員が生食——生理食塩水のパックを抱えられるだけ持ってくると医官は早速手を伸ばした。

「こっちにも生食のパックを一個よこせ」

「は、はい」

医官は衛生員から受け取った生理食塩水のパックに、鋏《はさみ》を突き立てる。そしてオデットの足に浴びせて牖の断端を洗い始めた。

どばどばと傷口に生食をかけていくと、どす黒く固まった血で汚れた彼女の患部が洗われ、その下から鮮やかな薄桃色をした肉と白い骨が姿を現す。

徳島は思わず目を背《そむ》けた。

「くっ……」

職業柄、肉だの骨だのには慣れているはずなのに、それがよく見知った人物のものであると思うと疑似的な痛みに襲われてしまうのだ。

「おい徳島、お前はもういい。科員食堂にでも引っ込んでろ」

医官はアンプルに注射器を刺し、薬剤を吸わせながら言った。

「でも、やったのは俺ですし。何か手伝えることがあるなら……」

「お前、この娘と親しいんだろ？　それじゃ何も出来んよ。ここで役に立つには生きた人間をメスで切って、針で刺して、ヤスリで骨を削って、糸で縫《ぬ》う……そんな残酷なことを平気な顔でこなせる奴だけだ。この娘を心配する気持ちは理解できる。だが、それは別の時、別の場所で満たすんだ。ここから先は俺達に任せておけ。いいな？」

そう言われると否《いや》も応もない。徳島に出来ることは本当に何もないのだから。

その間にも、湊医官はオデットを側臥位《そくがい》にさせる。そして徳島の存在などもう忘れてしまったかのように、オデットの背中を丸めさせ腰骨の隙間に刺さるよう麻酔の針を突き立てた。

「あ、後をよろしくお願いします」

返事すらない。

「麻酔完了！　直《ただ》ちにオペを開始するぞ」

忙しく立ち働く医官達の様子に後ろ髪を引かれながら、徳島は重い足取りで士官食堂を出たのだった。


徳島は梯子段《はしごだん》を降りると科員食堂へ向かった。

見ると短艇から収容されたプリメーラ達がテーブルを囲んでいた。

科員食堂には詰めれば六人座れるテーブルと四人座れるテーブルが、艦首《かんしゅ》側と艦尾《かんび》側、二列に並べられている。皆は、その艦尾側――調理室寄りのテーブルに身を寄せて座っていた。

与えられた毛布に身を包み、一言も口を利くことなく静かにしている様子は、まるでお通夜のようですらあった。

だがそれも無理のない話だ。自分の乗っていた船が沈没し、海に転落したり、溺死《できし》しかけたりした。その上、鎧鯨の群れに襲われ他の乗組員達が次々と食われていくところを目のあたりにしたのだから。助かった悦《よろこ》びを味わうよりも先に、放心してしまうのも当然だった。

例外なのは、艦首側のテーブルでアクアスの人魚達と話し込んでいる一等海佐江田島《えだじま》五郎《ごろう》、そして徳島自身くらいだろう。だが徳島やその上司の江田島とて、多くの犠牲が出たことに何も感じていない訳ではない。ただ、今は成さなければならないことがあるから、それを優先しているだけなのである。

今、徳島がしなければならないこと。

その一つが救出作戦の目標であった米国籍ジャーナリストの監視だった。そもそも徳島と江田島はこの男の身柄を確保するためにアヴィオン海まで出張《でば》ってきたのだ。

華人《かじん》系米国籍ジャーナリストのエドモンド・チャンは、四人テーブルの調理場側に座り、どこか傍観者めいた余裕の態度で日本の潜水艦の様子を興味深げに見渡している。

セーラー服の上衣をまとった人魚達に強い関心を抱いているらしく、江田島とケミィ達の会話に聞き耳を立てて何度も視線を送っていた。江田島もそれを意識しているのか何でもないようなことばかりを話題にしている。

次いですべきことは、収容された特地人の状態確認だ。

徳島はプリメーラへ目を向ける。

『碧海《へきがい》の美しき宝珠《ほうじゅ》ティナエ』の統領の娘にして、旧アヴィオン王国王族の末裔《まつえい》たる彼女は、ピンク色の髪をたくし上げると隣のアマレットに上体を預け、市場《いちば》に並んだ魚のような眼差しを中空に漂わせていた。

衣服が濡れて冷えているせいか、あるいは繰り返し襲ってきた命の危機のせいか、青みがかった唇を小刻みに震わせている。そして溺者用に用意されたブランデーの入ったカップを両手で抱え、チビチビ舐めるように飲んでいた。

その隣で彼女を支えるアマレットは、プリメーラ付きの主任メイドだ。

主《あるじ》の隣に座り甲斐甲斐《かいがい》しくも乾いたタオルで髪を拭いてあげている。だがそうやって一心不乱に役目を果たそうとしている姿は、自分の役割に没入することで不安や恐怖から目を背けているように見えなくもなかった。

一方、ティナエ海軍所属オデット号艦長のシュラ・ノ・アーチは、プリメーラの正面でテーブルに肘を突きじっと頭を抱えていた。

徳島に背を向けて座っているため表情こそ分からないが、その丸まった背中からは、艦長として指揮を執《と》っていた船と乗組員を失った罪の意識に必死になって耐えている様子が窺《うかが》えた。

プリメーラの侍従にして、ティナエ共和国の防諜機関『黒い手』の一員でもある少年オー・ド・ヴィは、チャンと向かい合う席に座っていた。

この得体の知れない潜水艦と称する船と、見慣れない設備に囲まれて神経を昂《たかぶ》らせている様子だ。これだけの船をいつの間にティナエ近海まで進出させたのか。それを成し得た日本という国に対する警戒心が掻き立てられているのかもしれない。

「あ、司厨長《しちゅう》」

そんなオー・ド・ヴィが徳島の姿を認めて声を上げた。

『司厨長』とは、沈んだティナエ海軍オデット号における徳島の役職だった。いろいろな事情と経緯と目的により身分を隠して船に乗り込んだ徳島は、やれることをやっていた結果いつの間にかそういうことになっていた。

そしてそれは江田島も同じであった。オデット号の副長となり、若いシュラが艦長の職務を遂行《すいこう》するのを補佐する立場になっていたのだ。

ヴィの呼びかけに反応して、シュラが反射的に立ち上がる。

「ト、トクシマ司厨長！　オディは？　まさか……」

その時、徳島のティナエ海軍仕様の船員服はオデットの流した血で真っ赤に染まっていた。

士官食堂で止血帯《しけつたい》代わりのロープを解《ほど》いた際、オデットの傷口から溢れた出血を浴びてしまったのだ。

その鮮烈な赤を見たシュラは、最悪の事態を予想したのか表情を険しくする。

「今、手術中です。医師が診てくれています」

徳島はシュラが安心できるよう、出来る限り笑顔を作ってテーブルに歩み寄った。

「つまり、無事なんだね？」

「はい、医師は任せておけと請《う》け合ってくれました」

シュラはホッと胸を撫で下ろす。

すると今度はプリメーラが念を押すように言った。

「本当に大丈夫なんですね？」

「はい、大丈夫のはずです」

徳島は、プリメーラの強い視線に気圧《けお》されたように立ちすくんだ。

ブランデーが効いて、『酔姫《よいひめ》』モードに入っているらしい。

この状態になると、親しい相手以外目を見て会話することも出来ないコミュ障娘から、ずけずけと思ったことを遠慮《えんりょ》会釈《えしゃく》なく口にする強気な姫になるのだ。

「何をへらへらと笑っているのですか？　貴方のしたことでしょう！」

「は……はい」

罪悪感を強く刺激された徳島は、申し訳なさに項垂《うなだ》れる。

徳島は、断じてプリメーラが言うようにへらへら笑ったのではない。ただ彼女達を安心させたかっただけなのだ。

しかしプリメーラは徳島の表情を不真面目さの表れと受け止めた。徳島を批難する瞳は罪人を必ず罰してやるという陰《かげ》のある意思で輝いていた。

「もしあの娘に万が一のことがあったら、わたくしは貴方のことを絶対に許しません」

「……っ」

徳島は歯を食いしばる。オデットの骨を断つ感触と、彼女の悲鳴がありありと蘇って身体が震えた。

だがその時、シュラが割って入りプリメーラを叱《しか》った。

「プリム！　そういうことは口にするものじゃない。司厨長だって好きでああした訳じゃないんだ。あの場では他に方法がなかった。仕方がなかったんだ」

「でも、あの娘はこれから生涯不自由を背負うのですよ！　もし司厨長がもっと優秀で、他の手立てを思い付いていたら、あの子の未来は台無しにならずに済んだのに」

だがシュラは頭《かぶり》を振った。

「他に方法はなかった！　誰であっても彼女の脚を切り落とすことしか出来なかった。もしボクがあの場にいたとしてもそうしていた。だからプリム、君は司厨長を詰《なじ》るべきではないんだ。逆に感謝すべきなんだよ。あの時、あの瞬間、司厨長が少しでも躊躇《ためら》っていたらオデットは命を失っていたんだからね」

「でも！　あの子はもう二度と心から笑うことが出来なくなってしまいました！」

「どうしてそう決めつけるのさ？　生きてさえいれば笑うことなんていくらでも出来る」

「どうやって？　どうやってこれから人並みの幸せを手にすればいいんですか？　身体が不自由になってしまったあの娘は、もう船守《ふなも》りとして働き続けることは出来ないでしょう。恋をして誰かの妻になることも難しい。子を生《な》して育てることだって大きく制限されます。それでどうして屈託《くったく》なく笑うことが出来るの？　あの子の綺麗な笑顔がもう見られなくなってしまうと思うと、わたくしは、わたくしは……」

プリメーラはそう言うと、こみ上げてくる悲しみを堪《こら》えるように口を手で覆い顔を伏せた。

だがシュラはプリメーラの両肩に手を添えて言い聞かせる。

「君の言いたいことはよく分かるよ。オデットが心配なんだね。けど、それは司厨長の責任ではないよ、プリム。そこだけは履《は》き違《ちが》えたらダメなんだ」

「でも、オディの足に骨裁ち鉈《クリーバー》を振り下ろしたのは司厨長なんですよ！」

するとシュラは目をすっと細めた。

「分かった。よく分かった。君がそのつもりなら、ボクもこの際だからはっきり言わせてもらうよ。君が司厨長を詰《なじ》るのはね、責任転嫁したいからだよ！」

「せ、責任転嫁ですって？」

「そう、君は責任を感じてるんだ。そもそも自分がシーラーフ侯爵公子を探したいなんて言い出さなければ、こんなことは起きなかったとね！」

「シュ、シュラ、こうなったのはわたくしのせいだとおっしゃるつもりなの？」

「まさか！　ボクがそんなこと思うはずがないよ。そもそも船で起こる全てのことは艦長であるボクの責任なんだからね。だから、オデットの身に起きたことで詰《なじ》られるなら、ボクであるべきなんだ。けど君自身が、他の誰でもない君こそが、全てを自分のせいだと感じてしまっている。でもその責任は一人ではとても背負いきれるもんじゃない。だから君は、オディを傷つけた罪だけはせめて誰かに着せたいんだ。司厨長はその誰かにされてしまっただけなんだ！」

「そ、そんなこと……」

「ない、と言い張れるかい？」

「……」

プリメーラはしばしシュラとの間で強い感情を込めた視線をぶつけ合う。だが、程なくして力なく視線を落とした。

「分かってくれたみたいだね？　さあ、司厨長に謝るんだ」

だがプリメーラは頭を振った。

「嫌です。絶対に分かったりしません。謝りません」

そしてこの話題を続けることを拒むように、顔を伏せてしまった。

シュラは、頑《かたく》なな態度をとるプリメーラを見て深々と嘆息した。そして仕方なさそうに徳島を振り返る。

「すまないね、司厨長。本来はもっと聞き分けのいい娘なんだけど……きっと疲れてるからだと思う。気が動転しているんだ。凄くね。元気を取り戻せば、この娘だって君に責任がないことは分かるはずだ。だから悪く思わないであげて欲しい」

シュラに言われて徳島は大きく嘆息した。そして仕方ないことだと肩を竦《すく》める。

「大丈夫ですよ。何故姫様がこんな態度をとったのかさえ分かっていれば我慢できますから」

するとシュラは、眼帯を着けていない左の瞼《まぶた》を驚いたように瞬《またた》かせ、ニヤリと笑った。

「へぇ……」

その反応に今度は徳島が驚く。

「何か？」

「いや、君が許す許さないではなく、我慢と口にしたからさ。そうかそういうことなのか。だとするとプリムがこんな態度をとった理由も分からないでもないかな」

「何を言ってるんです、艦長？」

意味が分からない。徳島はシュラの真意を確かめようと問いかけた。

だが答えを得る時間は与えられなかった。艦内に「潜航《せんこう》！　潜航！」の号令とそれを復唱する声が行き交ったからだ。

「艦橋《かんきょう》ハッチ閉鎖！」

「艦橋閉鎖、空気出せ」

発令所で行き交うその号令とともに、密閉された艦内の空気圧が上がっていった。

艦内の気圧上昇は、艦内にいる全員に例外なく襲いかかった。

この気圧変化は人間の鼓膜に異常を生じさせる。

高速で走行する電車が長いトンネルに突入した時、あるいは高層階へ上がる高速エレベーターに乗っている時などに起こる耳の違和感がそれだ。

これは鼓膜《こまく》を挟《はさ》んだ体内外の気圧に差が生じ、気圧の低いほうに鼓膜が膨らむことで起こる現象である。この違和感は鼻と喉の奥、解剖学的には咽頭鼻部《いんとうびぶ》と称する部位の耳管口《じかんこう》を開くことで解消されるのだ。

いわゆる『耳抜き』である。潜水員でもある徳島はこれを自在に出来るので無意識に解消していた。

徳島だけではない。潜水艦の乗組員はこうした気圧の変化に対応できることが必須の資質であるため全員が平然とした表情のままであった。

だが、期せずして潜水艦の乗客となったプリメーラやシュラ達は違った。

予告なく発生したこの現象に大いに戸惑い、不安に陥《おちい》る。

顔を伏せていたプリメーラも、耳の違和感に頭を上げた。主の異変を見たアマレットは、皆が同じような体験をしていると理解して声を上げる。

「な、なんか耳が変です！」

「それは艦内の気圧が上がっているからです。唾《つば》を呑み込むと耳が通って楽になりますよ」

江田島が落ち着き払った口調で説明した。

「唾を?」

「そうです」

アマレットが唇をきゅっと閉じて唾を呑み下そうとする。

プリメーラもシュラも、チャンも揃って同様にしている。

すると程なく解消したようで、皆ホッとした顔つきをしていた。

だがオー・ド・ヴィだけは、いくら唾を呑み込んでも耳が通らないらしい。表情がどんどん険しくなっていく。高くなる空気圧に、耳の苦痛が耐えがたくなってきたようだ。

そこで徳島が他の方法を告げた。

「口をパカッと開いてもいい感じで抜けますよ。顎《あご》を左右にずらしてもいい」

するとオー・ド・ヴィは必死になって何度も何度も顎をしゃくった。そしてようやく空気が抜けたらしく、ホッとした表情を見せたのだった。

＊　＊

「とめ!」

発令所の潜航指揮官が、突き出した右の掌をぎゅっと握った。手の合図を添えるのは噴出する空気音に紛《まぎ》れて号令が聞こえない時のためでもある。陸・海・空それぞれの戦闘組織が、独特の符丁《ふちょう》、言い回しを用いるのは、爆音轟《とどろ》く戦場で命に関わる聞き間違いを防ぐための工夫なのである。

「とめ」

合図を受け潜航管制員が艦内を縦横に走るパイプについたハンドルを何回も回していく。次第に空気の流入音が静まり、やがて止まった。

「空気とめた！」

そしてしばらくしても艦内の空気圧が下がっていかない――つまり艦内が完全に密閉された状態である――ことを確認した潜航指揮官は哨戒《しょうかい》長に告げた。

「閉鎖よし」

二番潜望鏡にとりついて艦の周囲三六〇度を確認していた哨戒長は、発令所の最後部で椅子に腰を掛けている艦長に告げる。

「艦長、危険な目標は潜望鏡視界内にありません。潜航します」

「了解」

黒川《くろかわ》艦長が頷くと哨戒長が令《れい》する。

「潜航せよ！」

「ベント開け！」

大量の海水の流れこむ音が艦内に響く。メインタンクに海水が満ちていこうとしているのだ。それによって艦は浮力を少しずつ失い、海面下に潜り込んでいく。

「深さ一八《じゅうはち》、ダウン三度」

哨戒長から操舵《そうだ》員に、目標とすべき深度と姿勢角が指示される。

「ダウン三度」

操舵手の木内《きうち》海士長が復唱して舵《かじ》を押す。すると『きたしお』が前に傾いていった。

「ダウン三度。入り始めた」

黒い艦体が海面を切り裂いて水面下へと潜り込んでいく。艦首部分から、艦の中程、そして最後にセイル部分が海面下へと没していった。

「ベント閉め」

「ベント閉鎖」

「深さ一八。横舵《おうだ》中央！」

「艦長。ツリムよし」

発令所内で様々な命令と復唱が行き交い、艦体が海面下で安定したことを確認して一段落する。

黒川は水測員に尋ねた。

「鎧鯨の群れの様子はどうか？」

『先ほどの襲撃で、鎧鯨Ｓ八九《シエラはちじゅうきゅう》とＳ九〇《シエラきゅうじゅう》が三一三《さんびゃくじゅうさん》度の方角に逃げて行きました。その後は遠方で鰭進音《えいしんおん》がうろついています。びっくりして一目散に逃げていき、一息ついて何が起こったのか冷静に考えている……という感じです』

水測員、松橋《まつばし》二等海曹の返答は相変わらず分かりやすい。

黒川はそれを聞くとくすりと笑った。

「つまり落ち着いたら反撃してくるという訳だな。では、今のうちに深深度潜航してしまおう」

黒川が新たな命令を発すると、艦内では慌ただしく準備が進められていった。

「艦長、深深度潜航配置よし」

哨戒長の報告に黒川は頷いた。

「潜航！」

黒川が目指すべき深度と姿勢角を操舵手に告げる。

「深さ四〇〇《よんひゃく》、ダウン二〇《ふたじゅう》度」

その時、黒川は医官が手術中であることを思い出して、艦の傾く角度を和《やわ》らげるべきかと考えた。だが、湊医官であればこの程度の傾斜は問題にしないだろうと思い切ることにする。

「ダウン二〇！　……深さ五〇《ごじゅう》、六〇《ろくじゅう》、七〇《ななじゅう》……」

艦体が再び大きく前方に傾き、操舵手が十メートル毎に深度を読み上げていく。

「一二〇《ひゃくふたじゅう》、一三〇《ひゃくさんじゅう》……」

乗組員達はあちこちのバーや手すりに掴まり身体を支えていた。二〇度というのは何かに掴まらなくては立っているのが不安になる傾斜なのだ。

船殻《せんこく》の周囲をとりまくメインタンクへ流れこむ水音が、さらに艦内に響き渡る。水圧が増すとタンク内の空気が圧縮されて容積が減るため、浮力が倍々の勢いで減っていく。そして海水の猛烈な圧力を受けた艦体が時折ミシミシと音を立てるのである。

＊　＊

「今、何が起きてるんだい？」

科員食堂では、シュラが皆を代表して状況の解説を江田島に求めた。

外の見えない船倉の奥深くに連れ込まれたと思ったら突然耳が痛くなり、テーブルにしがみつかなければならないほど船が傾いた。

さらには艦体がミシミシと音まで立て始めたのである。

水がどんどん流れ込んでくる音は、船体が破れて海水が浸入してきているようにも感じられるから鳥肌が立ってしまう。いくらこの船が海に潜れるものだと聞かされていても地獄に引きずり込まれるような不安と恐怖に駆られてしまうのである。

オデット号が沈んだばかりということもあって、とても楽観視できる状況ではなかった。

「副長、報告。ボクは何が起きているか知る必要があるんだ。ボクにはみんなを守る義務があるんだからね」

プリメーラ、アマレット、オー・ド・ヴィが不安そうに、そしてチャンが興味深そうな表情で江田島の回答を待った。

シュラの言葉を聞き、自分が彼女を支える部下であったことを思い出した江田島は語り始めた。

「とりあえず現状を申し上げますと、この艦は今、海の奥深くにまで潜ろうとしているのです」

慎重に言葉を選んでいるのが誰にでも分かる口ぶりだった。だが口にした言葉が嘘にならないようにする配慮そのものが不安を生んでしまう。

「深くってどのくらい？」

シュラはさらに問いかけた。

「かなり深く、としか申し上げられません」

「また浮かび上がれるのですよね？　大丈夫なんですよね？」

アマレットが我慢しきれないといった表情で確約を求めた。

その時、アマレットの不安げな質問に被せるようにチャンが言った。

「おい、エダジマよ。そもそもこの潜水艦はどれくらい潜れるんだ？」

「実は深さ一万メートルまで行けます」

江田島は間髪《かんはつ》を容《い》れずに答えた。

「い、一万だと？」

予想外の数字に目を丸くするチャン。だが江田島は真顔で頷いた。

「まさか、そんな……あり得ない」

「どうしてあり得ないと分かるのですか？　我が国では、潜水艦がどこまで潜れるかは非常に重要な防秘であり誰にも開示されていないというのに。チャンさん、もしかして誰かから聞いたことがあるのですか？　もしよかったらその誰かを教えていただけると嬉しいのですが」

江田島の執拗《しつよう》な追及にチャンは言葉を濁《にご》した。

「い、いや、取材源の秘匿《ひとく》はジャーナリストの義務だから言えるはずないだろ。それに本当に知らないんだ。知っていたら聞くはずがない」

そこまで口にして、チャンは江田島の真意を理解した。

潜水艦の可潜深度は国家機密なのだから教えられるはずがない。当然、江田島が本当のことを口にするはずもないのだ。

とはいえ江田島の言葉が嘘だとしても、それを嘘だと指摘できるのは真実を知っている場合に限られる。つまり一万という数値がたとえ与太話《よたばなし》であったとしても、一般人はそれをそのまま受け入れるしかないのである。

「しかし物事には常識ってものがある。ロシア製の原潜ですら一〇〇〇メートルが限界だと聞くぞ」

「どうして我が国の潜水艦建造技術がロシアより劣っていると思うのですか？」

「そ、それはそうだが……」

「我が国の極超々高張力鋼《ごくちょうちょうこうちょうりょくこう》ＮＳ１１００はそれほどに凄いのですよ。何しろ国家機密ですので」

「極超々高張力鋼NS１１００なんて聞いたことがない。ホントにあるのか？」

ない。実在するのは、現段階では高張力鋼NS１１０である。

それに本当に凄いのは溶接作業員を含めた造船所スタッフの工作技術のほうだ。

海上自衛隊は、彼らの技能を維持、発展、継承させるために、毎年一隻《せき》の潜水艦を就航させていると言っても過言ではないほどだ。昭和三十五年初代『おやしお』就航以来、何十年も試行錯誤を積み重ねてたどり着いたこの境地は、他所《よそ》から成功の果実を盗んで工業国となったと言い張るような成り上がり者には、決してたどり着くことは出来ないものなのである。

だが結局江田島は、真偽を口にすることなくしらばっくれた。

「秘密です。可潜深度の具体的な数字も秘密です。ですからもし何か記事に起こすようなことがありましたら私が一万メートル以上と答えたことを思い出してくださいね」

「それにしても一万かよ⁉　世界で一番深いマリアナ海溝ですら深さが一万一〇〇〇くらいなんだぞ⁉　量産型の潜水艦がそんなだなんて、いくらなんでもありえないだろう⁉」

江田島とチャンのやりとりを見て、それまで不安な顔をしていたアマレット達もポカンとしてしまった。交わされている会話の意味は解さなくとも、少なくともこうして言い合いをしている余裕があるということだけは彼女達にも伝わったらしい。

実を言うと百万言を費やした説明なんかより、こうしたくだけた雰囲気のほうが人間を安心させる力があったりする。人間の感情は、言葉の内容よりも人間の発する気配の影響を強く受けるからだ。その意味では江田島が生来持っている気配はどうやっても人をホッとさせるものではなかった。それがチャンのおかげでずいぶんと緩んだのである。

「統括もなかなかやる」

チャンが気付かぬ間に、科員食堂に設置された深度計にガムテープを貼って表示を隠す作業をしていた徳島は、チャンを煙《けむ》に巻きつつ皆を安心させたことを、江田島の手腕だと勘違いしてニヤリと笑ったのだった。

さて、そんなプリメーラ達のもとに艦長の黒川が姿を現したのは、艦の傾きが解消され、沈んでいく感覚がなくなった後のことである。

その姿を見つけた徳島が告げた。

「統括、黒川艦長がおいでになりました」

「どうぞ座ったままでいてください」

黒川は、咄嗟《とっさ》に立ち上がろうとしたシュラやオー・ド・ヴィを手で制す。

オー・ド・ヴィは黒川の動作の意味を察して腰を下ろしたが、シュラはそれでも立ち上がって深々と頭を下げた。

「Taali ow xantiina……」

特地語を解さない黒川のために、徳島が通訳を始める。

「艦長、乗組員の救助に感謝します。ボクはティナエ海軍所属オデット号艦長、シュラ・ノ・アーチです」

「貴女が？」

江田島にそれは本当かと問いかける黒川。

江田島は軽く頷いて肯定する。すると黒川は目を瞬《またた》かせた。

どう見ても十代後半から二十代前半ぐらいの見かけなのに艦長という役職にあること、加えてその態度や言動がとてもしっかりしていることに驚かされたのだ。

制度の整っていない「遅れている」国には、いろいろな点で不合理なところがある。その一つとして、能力や責任感に欠ける人材に、見合わない地位と権限が与えられてしまうことが挙げられる。

もちろん日本でもコネや様々な事情でそういうことは起きる。相応《ふさわ》しい人材を相応しいポストに。それこそがあらゆる意味で理想なのだが、なかなか実現できていない。これこそが人類の宿痾《しゅくあ》なのだろう。

日本では、為政者は選挙、官僚と一般労働者は学歴と試験と年功序列、企業経営の責任者については弱肉強食の生存競争という方法で選別される。だが昨今の大企業で度々起こるように、不適格な人材が人々の生活に影響を与える地位につき、多大な損害をもたらしているところを見ると、優れた人材をどのように育て、選び出すか、その見直しが必要かもしれない。

この特地では、政府の官職や軍の役職、階級はもとより、国によっては貴族の身分すらも金で売買できてしまう。黒川は、この少女もまた実力に見合わぬ地位を与えられた人物なのではないかと思ったのだ。

「乗組員のことを、くれぐれもお願いいたします」

だが、そうではないことは態度の端々《はしばし》から感じられた。

このシュラという少女の五体に詰まっているのは義務を果たそうという使命感と責任感だ。経験や能力はともかくとして、それだけは本物だと理解できた。

海の漢《おとこ》というのは、この精神にもの凄く敏感でたちまち共感してしまう。だから黒川も自然と敬意を抱き、自分の娘よりも若いこの艦長を対等に扱うことにしたのである。

「いえ、我々のほうこそ謝らねばなりません。他の乗組員の方々をお救い出来なかったことをどうぞお許しください」

黒川は力が及ばなかったことを詫びた。

「いえ、鎧鯨と戦闘中である以上、いつまでもあの海域にとどまってはいられないという事情は分かります。分かっているんです」

シュラは分かっていると二度繰り返した。奥歯を噛みしめながら。

その言葉が逆に、全く納得できていないことを言外に告げていた。

シュラはおそらく、もっとあの海域にとどまって生き残りがいないか丹念に探して欲しいと思っているのだ。ただ礼儀正しいから、そして自分が相手の立場ならばやはり同じようにすると理解できてしまうから、命の恩人に食ってかからないだけなのだ。

黒川はそれを感じとった。

しかし、言葉にされない要請ならば、分からないフリをすることが許される。

『きたしお』は鎧鯨と戦闘中であり、選択肢は他にない。相手の懇請《こんせい》を冷たく振り払ったという負い目を背負わさないでくれる年若い艦長に黒川は感謝した。

「何にせよ皆様のことは私が承ります。どうぞご安心ください、艦長」

「ありがとう、艦長」

シュラとの会話を終えた黒川は、江田島と徳島を見て軽く頷いた。

次に若い女性二人、そして男性二人――少年と中年男――に視線を巡らせていく。

「江田島、こちらの男性が例の？」

黒川の視線が最後に捉えたのが中年男――華人系米国人を名乗るチャンだった。

「そうです。こちらがチャンさんです。チャンさん、こちらは海上自衛隊『きたしお』艦長の黒川一等海佐です」

チャンは座ったままぺこりと頭を下げ、癖のある英語で話し出した。

「救出を感謝するクロカワ艦長。しかし日本の自衛隊が特地に潜水艦を持ち込んでいるとは知らなかったな。それとも俺一人のために、わざわざこんなデカ物《ブツ》を持ち出してきたのか？　なら、いささか大仰《おおぎょう》ではないか？」

英語なら黒川も直接やりとり出来る。

「別に貴方のために持ち込んだ訳ではありませんよ、ミスター・チャン。この艦がたまたま特地の海に進出していたからこそ、貴方を救い出すことが出来たのは間違いありませんけどね」

黒川の言葉に江田島が補足する。

「でなければ、貴方はティナエ海軍の漕役《そうえき》奴隷とされて今頃は海の藻屑《もくず》でした。そのことは貴方もティナエ海軍とシーラーフの艦隊がどうなったかをご覧になった以上、否定できないでしょう？」

「ああ、分かってる。だから感謝してるって言ってるだろ？　礼も何度だって言うさ。だがこれだけは教えてくれ。これから俺をどうするつもりなんだ？」

「今回貴方を連れ帰る作戦は、合衆国政府の依頼に基づいています。なので赤坂の大使館までお送りいたします」

するとチャンは鼻を鳴らした。

「日本政府もまあ随分とサービスがよろしいことだな。しかし別にそこまでしてくれなくていい。行き先はそうだな――アルヌスまででいい。そこから先は自分で帰るから。俺も子供じゃないんでな」

しかし江田島は頭を振った。

「いいえ、そういう訳にはいきませんよ。引き受けた仕事は最後まできちっとこなすのが我々日本人のポリシーですので。それとも行き先はやっぱり赤坂ではなく元麻布がよろしいのですか？」

元麻布には中華人民共和国大使館がある。江田島は、チャンが帰りたいのはそっちのほうではないかと暗に尋ねているのだ。

「どっちも遠慮しておくぜ。ただあんたらの任務は俺の救出なんだろ？　それならもう成し遂げられているんじゃないかと思ってね。あんたらはもう役目を終えてるんだ」

するとう江田島は、人の悪そうな笑みを浮かべて再度首を横に振った。

「いいえ、まだ終わっていません。貴方を担当者に引き渡すまでが我々の任務です」

「最近じゃあ、適当に手を抜いて自社製品の評判を落とす日本人も多いってのに、真面目な奴だなあ。そんな生き方で息が詰まらないか？」

「性分なので、特に気詰まりを感じたりはしませんよ。それに日本人といってもいろいろな人間がいますので、馬鹿をやらかす輩《やから》が時々いることも否定しません。彼らの多くは先人の積み上げた評判だけでやってきた苦労知らずの世代でしてねえ。我々の代が、そのツケの後始末をしなきゃならない時期なんです」

「俺を大使館まで届けるのも、そのツケとやらを清算するための努力って訳か？」

「そういう風にご理解いただけると助かります。もちろん、それだけではありませんよ。こちらにも本音と建前ってものがありますので」

「俺の救出が建前なのか？　じゃあ本音はなんだ？」

「端的に申し上げれば、勝手に特地をうろつかれるのは迷惑だからとっとと出て行け、二度と来るな……ということです。それに合衆国政府に貴方を引き渡さないと、救出費用の請求も出来ませんしねえ」

身も蓋もない本音を開陳《かいちん》されて返す言葉もないチャンは、口をぱくぱくとさせつつも辛うじて一言発する。

「救出費用を取ろうってのか?」

「もちろんです。経費はしっかり請求させていただきますよ。この作戦には日本国民の血税が投じられていますからねえ」

「日本政府が善意でしていることじゃないのか?」

「まさか⁉ 確かに我が国は、気前よくお金をばらまき国際社会の財布なんて言われた時代もありましたが、今の日本にはそこまでの余裕はありません。それに対価は金銭とは限りません。物であったり、情報であったり、交渉の際の貸しとして機能するもので結構なんです。最終的に得られるものが、我々が費やした労力と釣り合うものであるならばね」

チャンは嘆息した。

「つまり俺は、世知辛い外交交渉の贄《にえ》って訳か……」

「ご自身の立場をご理解いただけたようで何よりです」

チャンが口をつぐむと、黒川の合図とともに腰に拳銃を提《さ》げた警衛海曹が一歩前に出た。

「ご納得いただけたようですね。ではこれより、艦内での貴方の行動を制限させていただきます」

「なんでだ、艦長？」

「貴方はアメリカのジャーナリスト。そしてこの艦は我が国の機密の塊《かたまり》。是非、情報保全にご協力いただきたいのですよ」

「おいおい俺だけなのか？　他の連中はどうなんだ？」

どうやら行動制限されるのは自分だけだと理解したチャンは、科員食堂にいる他の特地人を見渡した。

「もちろん、留意しますよ。けれど他の方の母国はこの艦がどのくらい深く潜れるか知ったところでその情報を用いる機会はありません。そもそも、あちこちに表示される我々の文字や数字を読み取れるかどうかも怪しいです。しかしチャンさん、あなたは違う。その意味も価値も、十二分に理解しておいでだ」

「ちっ、しまった。アレが原因か」

この艦の可潜深度についてのやりとりを思い出したチャンは、観念して両手を上げた。

「飯はちゃんとした物を食わせてくれるんだな？　トイレやシャワーは？」

「もちろん他の方と同じようにさせていただきます。この措置《そち》は、あくまでも艦内を勝手にうろつくな、秘密を覗いて回るなというだけのことですので。基本的には、ここにいる皆さんと一緒にいていただくことになります」

「仕方ない。なら我慢してやるか」

そしてチャンは警衛海曹に付き従われる形でCPO室《先任海曹室》へ連れて行かれたのである。

以降チャンは、『きたしお』に乗っている限り、食事もトイレも常に警衛海曹の監視を受けることになる。何をするにも必ず傍に誰かが立っているのである。

チャンが科員食堂から立ち去るのを見送った黒川は、江田島を振り返った。

「おい、江田島。これでこの海域での任務は完了だな？」

「ええ、おしまいです」

「なら、取り急ぎこの海域から離れよう」

科員食堂を去る際、黒川は毛布を被っているピンクブロンドの女性とその髪を拭いているメイドの女性を見やる。特にプリメーラやシュラの衣服が濡れたままなのが気になった。

「徳島二曹、彼女達の服をなんとかしてやれ。このままじゃ風邪を引きかねない。いいな？」

「了解」

こうして徳島は、彼女達の着替えをどう調達するかという問題を抱えることになった。

「といっても、海士の服を借りてくるしかないけど」

プリメーラやシュラの二人には、いわゆるセーラー服を着てもらうことになりそうだった。

＊　　＊

黒川艦長は、重々しい気分に駆られながら発令所に向かった。

シュラ艦長の言外の要求を無視したことについて、どうしても気が咎《とが》めたのだ。助けを待つ者がいるかもしれない。ならば助けたいと思うのは当然の感情だ。しかし今はまだ戦闘中。生き残ることに集中しなければならない。『きたしお』の艦長として、乗組員七十二名と員数外七名、そして新たに加わったシュラ達全員の生命を負っているのだから。

「艦長！　ソーナーが鰭進音聴知。S八九、九〇の二つ。感一《かんひと》。まっすぐ進んできます！」

発令所に入ったところで哨戒長が告げた。

やはり来たかという思いで黒川は頭を切り換える。

「距離と方角、深さは！」

『三〇八度、距離は約一万七〇〇〇ヤード。深さ一二〇《ひゃくふたじゅう》。速度は一五《じゅうご》ノット！　さらに増速中』

「シクヴァルは来たか？」

『シクヴァル』とは、鎧鯨の持つ長大な牙のことで、ロシア製兵器を連想させるという理由で乗員達からそう呼ばれている。

『まだです』

「さすがに遠過ぎるのでしょう」

哨戒長の解釈に頷いた黒川は、背後の海図を覗き込むと数秒間考えた。さらなる深海へ逃げるべきか、それとも戦うべきか。

『S八九、S九〇、なおも近付く。深さ二一〇《ふたひゃくじゅう》。速度二〇《ふたじゅう》ノット！』

「敵を撃破する。配置につけ、魚雷戦よ～い」

黒川は戦う決心を下した。

『配置につけ、魚雷戦用意！』

発令所からの命令が艦内全てに伝えられ、『きたしお』の乗組員達は当直、非番を問わず全員が配置についていった。

「艦長、配置よし」

哨戒長の報告が耳に入る。黒川は頷きながら発令所内を見渡した。

「S八九とS九〇は？」

『さらに近付く！　距離一万一〇〇〇』

黒川は哨戒長に命じた。

「距離一万から回避運動、はじめ！」

「了解」

頷いた哨戒長が、操舵手の木内海士長に少し近付き、命じた。

「取り舵二〇《ふたじゅう》度！」

「取り舵二〇度、ヨーソロー！」

操舵手が舵を左に切る。

すると『きたしお』が傾き、針路も三四〇度、三三五度、三三〇度と左に転じていった。そして鎧鯨を一旦真正面に捉えるも、そのままさらに左へと回頭《かいとう》していった。

それはシクヴァルを躱《かわ》すための円運動である。

深度も潜航長が上下五〇メートルの範囲で絶えず変化させていた。こちらが位置を変えてさえいれば、長距離から狙いを定めることは難しくなるはずだ。

『S八九、S九〇、ともに深さ三〇〇。感二《かんふた》。変針、変速の兆候なし』

その間、目標の動きに変化がないことを水測員が報告してくる。

やがて発射管室より報告が上がる。

「一番発射はじめよし」

「二番発射はじめよーし」

「次に撃つ！　一番をS八九、二番をS九〇に合わせ」

黒川は魚雷発射を決断したことを告げる。そして針路の数値を睨《にら》みながら、回頭機動《かいとうきどう》を続けて敵を再び正面に捉える時を待ったのである。

「的《てき》の評定終わり！」

発令所右舷《みぎげん》側に並ぶ管制員が、目標へのデータ入力作業を進めている。

やがて左回りの旋回運動でぐるりと一周し、艦首が再びS八九、S九〇へと向かう。

「舵《かじ》中央」

その瞬間、黒川が舵を戻すよう命じた。

潜水艦は魚雷を発射する際、直進している必要がある。そして魚雷が目標を捉えるまではそのまま進み続けなくてはならない。誘導のための細いワイヤーが艦と魚雷を繋いでおり、急な方向転換をするとこれが切れてしまうためである。

もちろん魚雷にも敵を捉えるセンサーは装備されている。だからワイヤーが切れたとしても敵の追跡は続くのだが、潜水艦本体ほど優秀でないため、目標を見失ったり欺瞞《ぎまん》されやすい。

従って必中を期するならば、出来る限り長く誘導して魚雷を敵に近付ける必要があった。

だがそれはすなわち、『きたしお』本体も等速直進運動を続けることを意味する。巨大なシクヴァルを持つ鎧鯨にとってよい標的だ。

これを狙撃に例えるなら、敵に狙いを付けるため草むらから顔を出し、銃を構え続けている状況だ。意識を一点に集中するため周りが見えない。攻撃の瞬間は最も無防備で狙われやすいのだ。

「ヨーソロー、舵中央」

操舵手が、舵が中央に戻ったことを告げた。『きたしお』はこれにより、しばし目標に向けて真っ直ぐ進む。

「発射用意。一番、二番、撃て！」

黒川の命令に従って水雷長《すいらい》がキーを操作する。

「セット、シュート、ファイヤー」

艦首側の発射管室から、圧搾《あっさく》空気の強烈な噴出音が響く。

『一番、二番、発射方位三〇六度、魚雷出た！』

水測員の報告が艦内に響く。

「誘導開始します」

「誘導はじめ、誘導間隔十秒」

黒川は歯を食い縛ると、睨むようにして水測員の報告と、発令所乗組員達の指示と報告に耳を澄ました。

『S八九、S九〇ともに変針、変速の兆候なし。感度上がる。感三《かんさん》！』

やがてモニターに、魚雷が目標を見つけたことを報せるマークが点灯した。

「ワイヤーカットします！」

「誘導とめ、ワイヤーカット！」

「発射管一番、二番、ワイヤーカット！」

その時を待っていたように黒川は命じた。

「哨戒長、回避運動を再開！」

「了解！　おもーかーじ！」

操舵手が指示を受け、今度は舵を大きく右に切る。すると艦が右に傾いていく。

そこで水測員が叫んだ。

『シクヴァル、左を通過！』

音速で進むシクヴァルの存在は、艦に命中するか、近傍を通り過ぎるかして初めて探知できる。まさに間一髪であった。

『S九〇針路、変針します！』

「一番、二番、命中しますっ！」

同時に、猛烈な爆発音が海中を伝播して『きたしお』を揺すった。さらに大きな衝撃がもう一度起きる。

『目標方向に爆発音！』

やがて残響が消え海底は静まり返る。

しばらくの間、耳を澄ましてじっと聞き耳を立てていた水測員が告げる。

『目標消滅。S八九、S九〇ともに消滅！』

乗組員達は口を閉じたまま、拳を立て、あるいは腕を突き上げて悦びを表す。満面の笑みを浮かべながら隣の同僚の肩を叩く者もいる。

しかし艦長の黒川だけが静かに、考えるように黙り込んでいた。

「妙に手応えがなかったな」

黒川の呟きに、副長の八戸《はちのへ》二佐が答えた。

「S八五に比べたら確かにあっけなさ過ぎました。ですが、S八五がとりわけ優秀な個体であったのかもしれません。単独で広大な縄張りを保有していたのですから、能力相応だったとも言えます」

「確かにそれで説明は可能だな……」

だがたとえそうだとしても簡単過ぎた気がする。何か詐術《さじゅつ》にかけられたような悪い予感があった。

そのため黒川は水測室に命じる。

「まだ鎧鯨がいるかもしれない。周囲への警戒を厳《げん》となせ。どんな兆候も聞き漏らすな！　ＴＡＳＳを出せ」

『了解』

艦尾から曳航《TASS》ソーナーが伸ばされていく。

こうして『きたしお』は、魚雷戦配置のまま静かにアヴィオン海を進んでいったのである。

ＴＡＳＳが完全に伸ばされた。これにより長いケーブルに数珠《じゅず》繋ぎに設置されたセンサーの力で、かなり遠くからやってくる音も拾うことが可能となる。

「水測室、どうだ？」

『反応はありません』

怪しい気配はないと返す水測員の言葉を受け、敵を撃破したのだという油断めいた空気が乗組員達の間に流れていった。

おやしお型潜水艦『きたしお』は海上自衛隊の誇る新鋭潜水艦である。

ＡＩＰ（非大気依存推進）機関を搭載した『そうりゅう』型が登場し、さらにはリチウム電池搭載型建造計画も進むため、型式としては最も古いものとなっている。

しかし海上自衛隊の潜水艦の更新速度は、他国と比べても著しく速い。

前述したように一年に一隻ずつ新鋭艦が造られるため、その都度定数から押し出されて一隻ずつ退役していく。つまり古くて役に立たないからではなく、ただ定数を超えるという理由で、他国では十分に最新鋭・現役としての扱いを受ける艦齢にもかかわらず、除籍されていくのである。

それだけに、『きたしお』の各種センサーは十分に優秀であった。

新しい機械に付きものの不具合は、バージョンアップによって全て解消されている。その意味では、まだ顕在化していない欠点を抱える可能性のある最新鋭艦よりも、かえって優秀と言える。

しかも指揮官の黒川をはじめとする乗組員達は経験を積んだベテランばかりで、『きたしお』の長所も短所も全て把握している。目を瞑《つむ》っていても、艦内のどこに何があるのかが分かるほどだ。

しかしそんな『きたしお』でも、海中という特殊な環境による問題を克服することは出来ない。潜水艦において外の様子を知る方法は、音や磁気の探知以外にないからだ。

海底は無音の世界ではない。水の流れ、地殻の変動、さまざまな雑音が充満している。そこから目標の音だけを抽出するのが水測員の役割なのだが、そんな彼らでも海底にぴたっと張り付き、息を凝らしている目標を探知することは困難だった。

ましてや相手が磁気に反応しない生物ならばなおさらだ。

そのため『きたしお』は、深さ六〇〇メートルの海底に張り付いていた鎧鯨S八九に気付くことが出来なかったのだ。

『きたしお』の放った二本の魚雷は、S八九、S九〇それぞれに向かって正確に突き進んだ。しかしS九〇がS八九を庇《かば》うように針路を変更したことで、二本の魚雷はS九〇に直撃した。

S八九はS九〇が被弾している間に静かに潜航して海底に張り付き、『きたしお』が近くに寄ってくる瞬間をじっと待っていたのである。

その計画は、『きたしお』が僅《わず》かでも針路を変更したら無意味になってしまう。だが鎧鯨は海の王者の本能に全てを託して待ち続けた。復讐の時が来るのを、じっと、じっと、息を凝らして待ったのである。そして――

ロンデル標準時二三一四時《ふたさんひとよん》――

その時が来た。

『真下です！　真下から鎧鯨が浮き上がってくるっ！　S八九です！』

最初にその存在を感知したのは、水測室の松橋二曹であった。

黒川はその声を聞いた瞬間に命じた。

「面舵いっぱい！」

操舵手は、反射神経の及ぶ限りの速度で舵を右に切った。

「面舵いっぱい、ヨーソロー！」

だが、微速で進んでいた『きたしお』は敵の突撃を咄嗟に躱せるほど敏捷《びんしょう》には動けなかった。次の瞬間、真下から突き上げるような凄まじい衝撃が起こる。

「うわっ！」

「つ、つかまれ！」

『きたしお』の艦体は激しく揺すられ、鎧鯨が激突した艦尾部分にいたっては床にあったものが天井に届くほどだった。乗組員達の何人かは天井に頭をぶつけてしまった。

「ぐはっ！」

そしてそのまま落下し、再び床に叩き付けられる。

彼らは二度の衝撃に悶《もだ》え、呻《うめ》いた。

打ち所が悪くて気を失う者までいた。その一人が機関室に居た機関長の舞鶴《まいづる》三佐だった。

「き、機関長！」

『きたしお』にとっての不幸はさらに続く。

艦尾から曳航《えいこう》していたＴＡＳＳのケーブルが、海面に向かって真っ直ぐ上昇する鎧鯨の体躯の凹凸や突起に絡みつく。これによって『きたしお』艦尾が大きく持ち上げられ、艦首を海底に向けた姿勢で釣り上げられてしまったのである。

艦内は大混乱に陥った。

横に置かれていた筒が直立し、床であったものが壁と化し、それまで隔壁《かくへき》であったものが甲板となる。固定されていなかった全ての物が、そして乗組員達が、重力によって下方へと引っ張られていく。

「うわわわわ！」

問題はそれぞれが立っていた場所、置かれていた位置によって、下までの落差が四メートルにも五メートルにもなってしまったことだった。

乗組員達の多くは最初の衝撃で艦内各所の突起物やパイプ類に辛うじてしがみつき、この倒立にも耐えることが出来た。

「た、助けてくれ！」

だが、全員が無事だった訳ではない。

咄嗟の動作が遅れた者、一度目の衝撃で既に体力や意識を失っていた者、そして同僚を救おうと手を離していた者などがあちこちで身体を強打し、艦内で負傷者が続出したのである。


医務室となっていた士官食堂では、この倒立の衝撃で治療用の道具類が散らばった。

治療台からオデットの腕がだらりと垂れる。

台に縛り付けられていたため彼女が床に投げ出されることはなかったが、医官の湊や衛生員はそうもいかない。あちこちに頭をぶつけた揚げ句、士官食堂前方へと落下して壁面に激突した。

「ぐふっ！」

湊は思わず叫んだ。

「艦がひっくり返りそうになる時は言えって言ったろ!?」

「こんなの予測できる訳ないっすよ！」

頭上に降り注ぐ手術器具。二人は頭を抱えて身を庇いながら、そう叫ぶことしか出来なかった。

士官食堂の真下にある科員食堂でもこれと同じことが起こっていた。

しかも空間が広く、様々な備品が置かれ、更にそこにいた人数が多かったことがより災難の度合いを高めた。

「うわっ！」

「きゃあ！」

「ひぃ」

シュラやオー・ド・ヴィは咄嗟にテーブルにしがみついたが、プリメーラとアマレットは間に合わず傾斜とともに前方に滑り落ちていく。

そして二人はアクアス達とテーブルを囲んでいた徳島にぶつかった。

徳島はケミィ達を庇いながら、二人も支えようとして懸命に踏ん張る。しかし抗《あらが》いきれず、三人ひと塊となってアクアス達とともに前方隔壁に転がっていった。

これに追い打ちをかけるように、床に固定した椅子の中に格納されていたじゃが芋やら玉ねぎやらがどんどん降り注ぎ、散らばっていく。

「いたたた、痛い痛い」

じゃが芋であっても高いところから降ってくれば地味に痛い。

ケミィ達は頭を抱えながら悲鳴を上げている。

しかし徳島はじゃが芋で済んで幸いだと思っていた。

これが調理場で汁物でも作っている最中だったら、熱湯が降り注いできたかもしれない。あるいは包丁などの鋭利な調理器具だったかもしれない。そう考えて徳島は一人ぞっとするとともに、降ってきたのがじゃが芋だったことに安堵したのだった。

「徳島君、無事ですか？」

「う……くっ」

落ちるべきものが全て落ち、転がるべきものが全て転がると、艦内の騒ぎも落ち着いてくる。

「徳島君!?」

「と、統括!?」

徳島が頭上を見上げると、江田島がテーブルにしがみついてこちらを心配そうに見ていた。

どうやら艦は艦首を下に倒立したまま安定してしまったらしい。もともと床に固定してあったテーブルは、今や壁の上方に張り付いているように見える。江田島はシュラやオー・ド・ヴィとともにそれを掴んでこちらを見下ろしていた。

「プリム！　アマレット！　無事かい!?」

江田島の背後から、シュラが呼びかける。

二人は徳島をクッションにして、うつ伏せに倒れている。倒れ込む時に徳島が咄嗟に庇ったので、頭などは打っていないはずだった。

「大丈夫ですか？」

徳島は二人に声を掛けた。

「え、あ！　……はい」

するとプリメーラは、自分が誰にのしかかっているのかに気付き、飛び跳ねるような勢いで後ずさる。それを見た徳島は、自分は心底嫌われているのだと悟った。

いささか傷ついたが、それも仕方がないことである。彼女が親友と呼んで慕うオデットを傷つけたのは、確かに自分なのだから。

徳島は気を取り直すと、次にケミィ達アクアスを見渡した。皆目を回して横たわり、魚のごった煮を作ろうとしている鍋の底のような有り様だったが、何とか無事のようだ。

「みんな無事です。お二人も無事ですよ」

徳島は皆の様子を上司に報告した。

「怪我人はないようです」

「ならば結構。徳島君、我々はすぐに発令所に参りますよ！」

「はい？」

「科員食堂がこの有り様なんです。あそこはもっと酷いことになっているはずです。急いで行かなくては！」

江田島はそう言ってテーブルから降り始めた。

続いてシュラとオー・ド・ヴィもその後ろに続き、鍋底のごとき隔壁に降りてきた。

「副長、ボク達は何をすればいい？」

「シュラ艦長とオー・ド・ヴィさんはこの場に残っていてください。艦の姿勢が元に戻る時にきっとまた大騒ぎになるでしょう。その時にプリメーラさんと、アマレットさんをお願いします。アクアスの皆さんもこの場に待機で。いいですね？」

徳島はシュラとオー・ド・ヴィの二人に、プリメーラ達を託した。そして江田島とともに艦首方向へ向かったのであった。


徳島と江田島は、長い縦穴と化した艦内を艦首に向かって降《くだ》っていった。

艦内に縦横に走る配管に掴まり、ぶら下がり、あちこちの突起や梯子段に足をかけながら降りていく。そして隔壁の縁《ふち》に腰を下ろし、発令所の入り口から下を覗き込んだ。

「これは不味《まず》いですね」

中を覗いた江田島が舌打ちした。

発令所の底となった艦橋のハッチ、操舵席、そしてその周辺の隔壁に幹部や乗組員達が折り重なるようにして倒れている。

黒川艦長の姿もその中に混ざっていた。

江田島は深度計の数字に目をやる。

艦がこんな姿勢のままだから海底に向かって沈んでいるのかと思いきや、深度を示す数字は何故か減っている。つまり『きたしお』は浮き上がっているのだ。

「これは……はっ、そういうことか。徳島君、急ぎましょう！」

「は、はい」

徳島は、まず海図室に降りた。

海図台の縁に手をかけ、ぶら下がるようにして二番潜望鏡に慎重に足を下ろす。そしてさらに下にある一番潜望鏡へ降りていった。

だが、そこから下はもう足の踏み場もなかった。

哨戒長、哨戒長付、潜航長《せんこう》、左右の管制員、ＩＣ員、そして艦長、さらに海図室にいた副長らがびっしりと倒れていた。

最も酷い状態なのは、操舵席の木内海士長だった。管制員達が彼の背後から伸しかかるように折り重なっている。

「お、おい、返事しろ！」

「うう……」

徳島が声をかけると辛うじて呻き声が聞こえた。

続いて降りてきた江田島が、仕方がないとばかりに皆が折り重なる隙間に足を下ろそうとする。しかしうっかり黒川艦長の太腿を踏んづけてしまった。

「痛っ、だ、誰だ！」

江田島はちょうどよいとそのまま黒川艦長を揺すり起こした。

「黒川艦長、私です。起きてください、起きてください！」

「え、江田島か？　くっ……」

黒川の顔が苦痛に歪む。

「しっかりしてください、艦長！」

江田島は自分の手が真っ赤になっていることに気付いた。

落下の際、黒川は頭部をどこかにぶつけたのだろう。頭皮が裂けて血が滲み出ていた。

「え、江田島……『きたしお』はどうなっている？」

「艦尾を上に倒立してます。そして海面に向かって上昇していきます」

答えながら江田島はハンカチを取り出し黒川の頭部に巻いた。

「と、倒立だと？　それでいて浮き上がってると言うのか？」

「おそらくＴＡＳＳが鎧鯨に引っかかっているのでしょう。このままでは『きたしお』は釣り上げられてしまいます。あるいは奴は、浅い深度にまで我々を引き上げて、そこで仕留めるつもりなのかもしれません」

「くそっ、誰か！　動ける幹部はいるか⁉　誰か、誰か返事をしろ！　副長、艦の指揮をとれ！　機関長！　船務長！」

江田島は念のため周囲を見渡してから告げた。

「いえ、今ここで動けるのは、私と徳島二曹だけです。この有り様ですから、他の部署の幹部が駆けつけて来るまで時間がどれほどかかるかも分かりません……」

「そ、操舵員はどうか？」

その話の合間にも、徳島は操舵手の上に折り重なっている管制員を一人ずつ剥《は》がし、横に転がしていた。そうして操舵手の救出に成功したのだが、徳島は頭を振った。

「木内の意識は、ありません」

「まさか、し……？」

「いえ」

徳島は頸動脈に指を当て、脈の有無を確かめた。

「心拍や息はあります。大丈夫です。生きてます」

「よ、よかった……だが、仕方ない。舵は徳島二曹がとれ。江田島、艦の指揮はお前に託すしかないようだ、お前ならこの状況でもなんとか……」

だが艦長の黒川は、そこまで告げて意識を失った。

「艦長！　艦長!!」

江田島は黒川がまだ生きていることを確認すると、彼の頭部を壊れ物のようにそっと横たわらせたのであった。


江田島と徳島は黒川の意識が途切れると互いに顔を見合わせた。そして間髪容れずに江田島が命じる。

「徳島君、横舵、下げ舵いっぱいです」

「下げ舵いっぱい、ヨーソロー！」

徳島は操舵席につくと、舵を床に押し込むようにして下げる。

操作が逆のように思えるが、艦は今逆立ちして浮き上がっている。つまり後進しているので、下げ舵にすることで艦首が上がると考えたのだ。

すると横舵の舵角《だかく》を示す針が下がっていく。そして二五度《ふたじゅうご》を超えて振り切れた。

「ヨーソロー、下げ舵いっぱい！」

しかし艦体の傾きは少しも和らぐことはない。

「統括、深さ一〇〇を切りました。九五、九〇……」

「徳島君、前進原速！」

そこで江田島は前進を命じた。

「は、はい」

徳島がレバーを押して前進をかける。

舵を上げてもぴくりともしないのは、浮き上がる鎧鯨の力に負けているからだ。ならばまずは下方に沈もうとする力で鎧鯨に対抗すればいい。江田島はそう考えていた。

現代の船の出力調整は、回転数を上げるのではなくプロペラピッチを変えることで行う。回転速度は同じままピッチを深くとることで推力が増大するのだ。

案の定、ガツンという衝撃とともに深度の表示の変わり方——つまり浮き上がる速さが目に見えて遅くなった。

ギシギシとワイヤーが軋《きし》む音がする。

浮かび上がろうとする鎧鯨の力と、海に潜ろうとする『きたしお』の力とが拮抗《きっこう》しているのだろう。

「徳島君、前進第一戦速！　横舵中央」

「前進第一戦速、横舵中央ヨーソロー！」

そのまま鎧鯨と力任せの引っ張り合いになった。

「前進第二戦速！」

「前進第二戦速、ヨーソロー！」

徳島がさらに速度を上げると今度は艦がゆっくり沈み始める。ようやく力で勝り始めたのだ。しかしそれも長くは続かない。

「うわっ」

衝撃とともに艦内のあちこちで悲鳴と呻き声が上がる。

ガクンという衝撃と墜落感が『きたしお』の艦体を揺らした。それに伴い深度計の表示が急激に増していく。その速度は落下を思わせる勢いだった。

艦の重さとプロペラが生み出す推進力で、艦は海底に向かって直進しているのだ。凄まじい勢いで水圧が増し、艦体を容赦なく締め付ける。金属の軋む音が鳴り響いた。

「と、統括、落ちてます！」

「ＴＡＳＳのケーブルが引き千切れたんでしょう！　徳島君、このまま進んでくださ い！」

「は、はいっ！ 横舵上げ舵いっぱい！」

「違います！ 横舵中央のまま っ！」

「お、横舵中央!? ヨ、ヨーソロー！」

江田島の奴は一体何を考えているんだ、と徳島は思った。このまま真っ直ぐ進めば海底に突き刺さってしまう。

しかし徳島には江田島に逆らうという発想はない。これまで江田島がしてきたことには常に何らかの理由があり、大抵はうまくいった。だからそれを信じる以外ないのである。

徳島はちらりと深度の表示に目を走らせた。数字はどんどん増えている。

「三二〇《さんびゃくふたじゅう》、三四〇、三六〇！ 統括、鍋がそろそろ噴きこぼれそうです！」

江田島は必ず上げ舵の指示を出す。それがいつであっても対応できるよう徳島はしっかりと舵を握って身構えた。鍋が噴きこぼれるというのは、早く命じて欲しいという彼独特の催促だった。

「まだです。徳島君、まだですよ！」

だが江田島は耐えるよう命じた。

「了解。でも、どうして？」

「貴方は感じませんか？　背筋が寒くなるようなこの殺気を。『きたしお』のすぐ後ろから鎧鯨が迫ってきてるんです。このまま艦首を上げたりしたら、体当たりしてきた奴に海底まで叩きつけられてしまいます！」

「そ、それじゃあ!?」

「そうです。鎧鯨の奴と我慢比べです！　徳島君、前進いっぱい！」

「ぜ、前進いっぱいヨーソロー！」

江田島が言ったように、『きたしお』の背後には鎧鯨S八九の姿があった。だが『きたしお』はさらに加速して鎧鯨を引き離しにかかった。

すると艦内のあちこちのパイプから海水が噴出し始めた。

鎧鯨の体当たりを食らってダメージを負ったせいだろう。普段なら大丈夫なはずの深度でも漏水が始まったのだ。

「統括、各所で漏水！」

「大丈夫！　この程度でお漏らししてしまうのはこの娘《艦》のいけない癖です。でも大丈夫、きっとやれます！」

艦内の各所では、パイプにぶら下がっていた乗組員達が必死に噴出を止めようとしている。

そして深度計を睨んでいた江田島が、ようやく叫んだ。

「五二〇《ごひゃくふたじゅう》、五四〇、五六〇！」

「今です！　横舵上げ舵いっぱい！」

「上げ舵いっぱい、ヨーソロー」

この時を待っていた徳島が、舵をぐいっと引いて叫んだ。

「うおお、もどれーーー」

すると横舵が利いて艦首が急速に上がっていく。

「ヨーソロー、上げ舵いっぱい！」

『きたしお』の艦首がさらに持ち上がり、床と壁がそれぞれ甲板と隔壁の役割を取り戻していく。

隔壁に落ちていた物品が次々と甲板に転げ落ちていった。発令所の幹部達も、再び床へと投げ出されて呻き声を上げた。

艦の傾きは一気に回復していく。しかしながら海底はすぐそこ。このまま『きたしお』の艦首は海底に激突してしまうかと思われた。そしてすぐ後ろには鎧鯨が迫っている。

「ダウン二〇《ふたじゅう》、ダウン一五、ダウン一〇……」

そこでついに、『きたしお』は水平を取り戻した。

「横舵中央！　停止！」

「てーし！」

これが航空機ならば、広い翼がブレーキとなって下方に向かうベクトルを打ち消してくれただろう。だが、潜水艦に翼はない。申し訳程度に付いている潜舵と横舵だけでは下方への力は打ち消せない。結果、『きたしお』はその艦底を激しく海底に擦《こす》りつけてしまった。

凄まじい衝撃により、艦内の乗組員達は再び殴り倒されたように転げ回る。

しかし同時に海底では、『きたしお』が泥と砂を煙幕のようにまき上げながら、半分のめり込むように静止した。

おかげで鎧鯨は『きたしお』を見失った。暗黒の深海でも、砂煙は煙幕として効果があったようだ。鎧鯨はしばらく周囲を漂っていたが、近くに音も気配もないと悟ると、針路を変えて浮き上がっていった。

鎧鯨独特の鰭進音が遠のいていく。

衝撃に耐えるため潜望鏡にしがみついたままだった江田島は、周囲から敵の気配がなくなると力を抜いて嘆息した。

「あ、危ないところでした！」

「し、死ぬかと思いましたよ、統括」

「油断しないでください、徳島君。まだ、終わった訳ではありません。奴は少し離れた位置からこちらの様子をじっと窺っていることでしょう。このままここに残っていたら、我々はまな板の上の鯉《こい》になりかねません。早々にここから移動しないと……徳島君、前進微速。アップ一〇、深さ四五〇を目指してください」

徳島は復唱しながらゆっくり舵を引き、『きたしお』を海底から上昇させていった。

一方の江田島は、マイクに手を伸ばすと艦内に告げた。

「医官はただちに発令所に！　手の空いた乗組員も発令所に！　各部署、被害状況を報告」

するると頭や腕肩を押さえた乗組員が発令所に現れる。皆、擦りむいたり、打撲するなどして何らかのダメージを負っているが、江田島の呼びかけに応えてやってきたのである。

湊医官は、床に倒れている幹部と管制員達を見ると駆け寄った。

「か、艦長！」

黒川の頭部に巻かれた江田島のハンカチは真っ赤に染まっていた。

「艦長の具合はどうですか？」

遅れてやってきた機関長が問いかける。

「よく調べないと分からんが、頭を強く打ったせいで気を失っているのは確かだ」

湊三佐は小型の懐中電灯を取り出すと、黒川の瞼を持ち上げ、瞳孔《どうこう》が縮小するかどうか、眼球が偏ったほうを向いていないかなどを調べていった。

「ど、どうして江田島統括が指揮を執っていらっしゃるのですか？」

機関長は中之島《なかのしま》に立つ江田島を見て首を傾げた。『きたしお』の乗組員ではない江田島が指揮を執るのは通常あり得ないことなのだ。

「緊急事態なので黒川艦長に託され、不本意ながら指揮を執らせていただきました。代わりに貴方がやりますか？」

江田島が確認するように尋ねる。

副長や哨戒長まで倒れている有り様を見た機関長は、それも無理からぬ状況であったと理解して黒川艦長の判断を受け入れた。彼自身、艦が倒立した衝撃で意識を失ってしまっていたという負い目もあった。

「このまま一佐が指揮をお執りください」

「では、一段落つくまでは指揮を預かります。まず、湊三佐は怪我人達をここから連れ出して手当を！　そして機関長は、負傷した潜航管制員の代わりを呼び集めてください。まだ戦闘状況は続いているんです！」

「りょ、了解」

医官の指揮で怪我を負った潜航管制官達が連れ出されていく。

そして代わりの要員がやってきて、それぞれ椅子を起こし、床に散らばったファイルや物品を拾い集めてコンソールへ向かった。

「ヨーソロー深さ四五〇」

やがて徳島が、江田島の求めた深さに達したことを告げた頃には、発令所はその機能を完全に取り戻していた。

『S八九は九八度方向。当艦の右後方に回り込もうとしています』

スピーカーから松橋二曹の声がする。水測室の機能も復活したようだ。

「では徳島君、面舵いっぱいです！　魚雷で仕留めますよ」

徳島は舵を大きく右に回した。

「おもーかーじいっぱーい、ヨーソ……ん？」

だが、艦は何故か彼が期待したように動かない。

僅かに右に旋回しようとしているのは、針路表示がゆっくり右にずれていくことからも分かる。しかしその動きは面舵をいっぱいに切った時のものとは違っていた。

徳島は何度か操作を繰り返し、舵が中央にも戻らないことを確認すると告げた。

「縦舵故障！」

「縦舵が⁉　肝心な時に限ってこれですか？」

「あれだけの衝撃です。壊れもしますよ！」

舞鶴機関長が言った。

「致し方ありませんね」

江田島が頷く。そして命じた。

「縦舵故障、機側操舵《きそくそうだ》配置につきなさい！」

『機側操舵、配置につけ！　機側操舵、配置につけ！』

スピーカーにより艦内に新たな配置が命じられると、動ける乗組員達が持ち場へ向かっていく。

潜水艦も機械である以上、故障することがある。

今回『きたしお』に襲いかかったトラブルは、艦尾にある縦舵、つまり艦を右や左に回頭させる装置が動かなくなってしまうというものだった。通常そういう時は、乗組員を艦尾に送り、原因の調査をしつつ直接舵板《だばん》を動かして、艦の針路を操るという対策がとられる。

だが現場からの報告はそれもすぐには出来ないというものであった。舵板が右に五度曲がった状態で何かと接触して固まり、これを動かすには装置を打撃するなどの措置が必要だという。要するに、「故障した機械をぶっ叩いていいか？」ということだった。

「行いなさい！」

対して江田島は「やれ」と応え、続けて水測室に問いかけた。

「S八九はどこですか？」

『現在、一二二度《ひゃくふたじゅうふた》。当艦の右から後方へと回り込みつつあります。後ろに回り込まれるとこっちが何も出来ないのだと気付かれたのかもしれません！』

「そうでしょうね」

その代わりにこちらもS八九がシクヴァルを放ってこないことが分かった。もう弾切れなのか、それともこの深さではシクヴァルは使えないのか。いずれにせよ攻撃がなかったことからもそれは窺い知れた。もっともその代わりに体当たり攻撃に曝《さら》されているため脅威度は変わらない。だがシクヴァルがないと分かっただけでも、戦術的な選択肢は広がるのだ。

「統括！　煮ますか？　焼きますか？」

徳島が舵を握ったまま問いかけた。

『きたしお』は今、緩やかな右旋回を続けていて進行方向を変えることが出来ない。浮き上がるか、深く潜航するか、動くとすればそのどちらかだ。そして敵は、こちらの死角となる真後ろに回り込み、近付いてこようとしている。早急に対応しなければならなかった。

「敵さんがその気ならばいいでしょう、相手をしてあげます。徳島君、ここはひとつタタキに料理しましょう。前進いっぱい」

「タタキで一杯、前進いっぱい、ヨーソロー」

江田島は艦の速度が上がっていくことを確認すると、武器を管理する右舷側管制員に命じた。

「四番発射よーい」

「と、統括！　現在当艦は前進一杯で右旋回中です」

舞鶴機関長が警告した。

今、発射管から魚雷を押し出すと、横合いからの乱流で魚雷のバランスが崩れてしまう。

しかし江田島は気にしないとばかりに言い放った。

「かまいません。四番にS八九のデータを入力！　失探《ロスト》したらターゲットを探知するまで自停しているように！」

「りょ、了解」

発令所の乗組員達は、江田島の考えがまるで分からないという顔をしていた。それでも指示に従って作業を進めていく。

その間にも艦尾からは壊れた舵を直そうとする打撃音が響く。しかし修理が完了したという報告はまだない。簡単に直るような故障ではないということだろう。

発射管室からの返事はすぐに入った。

「四番、発射よーいよし」

「鎧鯨の位置は？」

水測員が答える。

『本艦の真後ろと思われます。いや、右舷後方で併走！』

「徳島君、回避任せます！」

徳島が叫んで答えた。

「任されました！」

水測員が叫ぶ。

『来ます！』

「いまだ！」

徳島は鎧鯨を避けるため舵を思いっきり引いた。

全速で突き進む『きたしお』は上に傾き一気に上昇する。

『鎧鯨、真下を通過！　左舷《ひだりげん》側に出ます』

水測員が敵の位置を逐一報せてくれる。

「徳島君、下げ舵二〇《ふたじゅう》」

「下げ舵二〇。ヨーソロー！」

江田島の指示で徳島はすぐさま深度を戻した。弾切れだからではなく、今の深さにいるからシクヴァルが使えないのだとしたら、深度を浅くすることは自殺行為だ。

体当たりを避けられ『きたしお』の左舷側に出た鎧鯨が、浮き上がって追ってくる。

すると徳島は再び艦を深く潜らせてこれを躱した。

追ってきた鎧鯨は、今度は『きたしお』の上に出てしまう。徳島はその動きにつけ込み、速度を落としてやり過ごした。

「前進半速！」

「続いて前進、第一戦速！」

すると鎧鯨も身を翻《ひるがえ》して『きたしお』に速度を合わせる。

『きたしお』から大きく引き離されると、強引に距離を詰めてくる。体当たりが何度もスカされ頭にきているらしい。動き方がどんどん粗暴になってきた。

「距離は？」

江田島が水測員に問いかける。

『分かりませんが、相当に近い。後方、十数ヤードです！』

発令所の乗組員達はそれを聞いて舌打ちした。

魚雷を撃つには後ろに張り付いている鎧鯨を引き離す必要がある。魚雷爆発に巻き込まれない距離を開けなければならないのだ。しかしながら江田島は命じた。

「四番、発射！」

「セ、セット、シュート、ファイヤー」

水雷長がキーを操作し、左舷側の発射管から魚雷が海中へ押し出される。

『四番魚雷出た。八九度……いや、艦体に接触、迷走しています！』

案の定、艦が右旋回していることで発生する乱流を浴びた魚雷は、海中に飛び出した途端突き飛ばされるように左に転がって迷走した。

誘導のワイヤーもたちまち切れ、ほどなくして海中に漂った。

「ったく、何考えてんだよ」

誰かの呟きが発令所内に放たれる。江田島の指示はとても『きたしお』を救うためのものではないという思いからだろう。

「くそっ、誰かなんとかしてくれ」

しかし江田島はそんな声を無視して平然と指揮を続けていた。

「徳島君、第二戦速」

「第二戦速ヨーソロー」

徳島は江田島の命じるままに艦の速度を上げた。

『きたしお』は長大な円を描くように右に旋回している。

針路の表示を見ると、今は真南の一八〇度を超えて少しずつ西へと回頭していた。同じ場所でぐるぐる回って既に二周。このまま進めば三周目に入るだろう。

「縦舵修理よし！」

その時、艦尾から舵の修理が終わったという報告が入った。その報告は同時に、舵がきちんと動くか試してくれという意味でもある。

「た、助かった」

これで左右必要な方向に転舵できる。乗組員達もようやくこの危機的状況から脱出できると安堵した。だが江田島は直った縦舵を試そうともせずそのまま進み続けた。

「統括、舵を試さないんですか？」

徳島が問いかける。

「この状態で舵を試している余裕なんかありませんからね！　徳島君、今はこのまま舵角右五度を維持しなさい。合図したら舵を中央に……徳島君、いいですか？　合図を待ってくださいね！」

「了解」

徳島は改めて舵を握り直した。

発令所内に不信感が漂う中、江田島は水測室に問いかける。

「ソーナー　敵は？」

『真後ろです。すぐ後ろを付いてきています』

「では、五番発射よーい」

五番発射管にはデコイが装填されている。

「五番管よし」

デコイの発射準備が整ったという報せが来ると、江田島は針路の数字を再び睨みつけた。針路は真北を経て東へと向かう。

やがてその数字が五〇度、六〇度、七〇度に達した時、江田島が叫ぶ。

「徳島君、今です！」

「舵中央！　ヨーソロー！」

修理された縦舵は期待通り動き、針路八〇で『きたしお』をまっすぐ前進させた。そして艦の機動が長大な円運動から抜け出した途端、江田島は命じた。

「ベント開け！　五番発射！」

メインタンク内にわずかに残っていた空気が全て海中へ放出される。

突然目の前に放出された大量の泡に驚いたS八九は、大きく避けて『きたしお』の真後ろより逸《そ》れた。

「五番魚雷出た。八二度、走行開始！」

「潜横舵下げ舵いっぱい！　停止！」

「停止！」

「てーし！」

直後、機関を停止。

艦は慣性の力でしばし前進する。そしてメインタンク内に残存していた空気を排出したことで、深度を静かに深めていった。

「全員、音を立ててはいけませんよ！」

江田島は息を潜めるよう乗組員達に命じたのである。

『きたしお』を追っていた鎧鯨は、突然の出来事に戸惑った。

目の前を逃げていく敵が、大量の気泡を浴びせかけてきたと思ったら、不意に気配を消したのである。

むかつく泡粒が周囲から消えて音が聞こえるようになると、敵の気配は少し先に進んでいた。その独特の気配はもう嫌というほど感じたので間違えようがない。

敵は先ほどと同じように長大な円を描いて進んでいた。

敵はどうやら自分達鎧鯨に似た武器を持っている。しかしそれ以外にも、イカと似たような逃亡手段を有しているらしい。イカは身を守るために、墨を放って目をくらまして逃げていくのだ。

迂闊《うかつ》に真後ろにつくとこの小細工に巻き込まれてしまう。これからはそういったことに備えなければならない。鎧鯨はそう決意して、追跡を再開した。

敵はこれまでと同じ針路をまるでなぞるように進んでいる。

鎧鯨は慎重に、距離を詰めていく。

だが、意外にも敵との距離がなかなか詰められなかった。敵の放つ音の大きさに対し、その姿が異常なまでに小さいのだ。

これはどうしたことか。先ほどの敵は自分よりも遥かに大きかったはずだ。

もしかしてこの敵は、これまで自分が追っていたものとは違うのではないか。鎧鯨S八九がそう思った瞬間にそれは起こった。

鎧鯨は敵を失探《ロスト》して、いつの間にか、海底に漂っていた四番魚雷の鼻先を通過する軌道を描いていた。鎧鯨の音を察知した魚雷は、再び目覚めて前進を開始する。

敵だけを見つめ、敵を叩きつぶすことだけを思って突き進んでいた鎧鯨S八九は、突然飛びかかってきたこれを避けることが出来ない。

魚雷による海中爆発が、鎧鯨の強靭な体躯に襲いかかった。

突き破られ、打ち砕かれるほどの衝撃を浴びた鎧鯨は、身体を引き裂かれる苦しみの中で、絶命の悲鳴を上げたのだった。

『S八九、反応消失しました』

水測室からの声が、鎧鯨の撃破を告げた。

全ては江田島の巧妙な作戦だった。そのことを悟った発令所乗組員達は、声一つあげられずにいた。ただ黒川艦長がどうして江田島という男に『きたしお』の指揮を託したのか、その理由だけは誰もが理解したのだった。

01

戦いは終わった。

S八九の絶叫とも思える圧壊音を最後に、『きたしお』の周囲から脅威を感じさせるものはいなくなった。

オデット号を沈め乗組員を貪《むさぼ》った鎧鯨のハレムにはまだ中型の個体や小型の個体も残っていたが、それらは全てこの海域から逃げ去った。

S八九とS九〇が撃破され、『きたしお』の実力を思い知った彼らは、復讐心を満たすことよりも生存を優先したのだ。あるいはこの海域が『きたしお』の縄張りになったことを認めたのかもしれない。

もっとも『きたしお』乗組員達は、戦いが終わっても安らぐことは出来なかった。艦が転倒して漏水《ろうすい》が起き、あらゆる備品が床にぶちまけられて海水を浴びてしまった。それらを回収し、整備、点検してあるべき場所に戻し、艦内を清掃するという作業が待っていたからである。

軍事組織では、どれほど疲労していようとも装備を使えるように戻し、敵の再来襲に備えることが優先される。たとえ何十キロ、何百キロと歩き続けてへとへとになっていたとしても、横たわるよりも先に武器の整備を完了させなければならないのだ。

加えて、約七十名の乗組員の内、半数近くが何らかの怪我を負ったことも問題だった。転倒の衝撃で頭部をぶつけて額を割ったり、通路の突起物に落下して負傷したり、あるいは腕や足を骨折した者達は皆、医官の手当が必要だった。軽傷で済んだ者にはその分の仕事も降りかかったのである。

乗組員が慌ただしく艦内を動き回る中、民間人のチャンや特地人もその手伝いに駆り出された。黒川艦長から指揮を委託された江田島が、非常時であることを大義名分として協力を求めたのだ。

情報保全が気になるところではある。だが機密に触《ふ》れない仕事も山ほどある。

例えば、調理場に散らばって海水を浴びた食器や鍋類を集めて洗う。あるいは科員食堂の床に転がったじゃが芋や玉ねぎ、缶詰類を集めるといった作業だ。

「まさか俺まで引っ張り出されることになるとはねえ」

乗組員が科員食堂のテレビや電気機器の修理を行っている脇で、チャンがじゃが芋や玉ねぎを拾いながらボヤいた。

「別に断ってもよかったはずですが？　頼まれたのであって強制された訳ではないので」

一緒に科員食堂を担当することになったオー・ド・ヴィが言った。

これまでそれなりに長い間オデット号に乗り込んでいた二人だったが、ゆっくり話す機会はあまりなかった。オデット号に乗り込む前、ティナエ防諜機関『黒い手』の一員だったオー・ド・ヴィは、ティナエの国有奴隷だったチャンを連れ出した江田島と徳島を追い回していた。そのため、お互いに何となく話しかけ難《にく》さがあったのだ。

そんな関係だったため、チャンは様子を窺いながら当たり障りのないところから話題を振った。すると少年も、邪険にすることなくそれに応えたのである。

「ほら、エダジマの奴、オデット号の副長だったろ？　だからなんとなく指図されたら従わなきゃいけない気分になっちまってるんだよ。これが条件付けって奴なんだろうな……」

するとオー・ド・ヴィは苦笑した。

「ならば、愚痴をこぼしてないで仕事を済ませてしまうべきなので。それに調理場の片付けが終わらないと、温かい食事が出てこないのも確かなんですから」

「そうだな。とりあえず飯は温かいものが食いたいって意見には賛成だ」

チャンの隣で玉ねぎを拾い集めていたオー・ド・ヴィは、抱えきれない量になったので椅子の野菜格納箱へと放り込んだ。だがじゃが芋と玉ねぎはまだたくさん床に転がっている。全てを片付けるには何回もこの作業を繰り返す必要があった。

「けどよ、あんたよくぞあの姫様の侍従なんて役目、我慢できるな？」

チャンの言葉を受けて、オー・ド・ヴィの作業の手が止まる。

「どうしてそう思うのですか？」

「だってよ、あのピンク髪の姫様が旦那のことを探せなんて言わなきゃ、こんなことにはならなかっただろ？　オデット号が沈むこともなければ、乗組員達が鎧鯨に食われることもなかったはずだ。なんもかんもがあの姫様のわがままから始まった訳だ」

オー・ド・ヴィは一瞬考えて、ふむと頷いた。

「言われてみれば……そうですね」

「だろ？」

賛同を得て気が大きくなったのか、チャンは強く頷く。

「少しは責任を感じて欲しいよな。なのに謝罪の言葉どころか、助けてもらった感謝の言葉もないときてる。あんたもトクシマに対する姫さんの態度を見たろ？」

「え、ええ」

オー・ド・ヴィは言葉少なに返事をして仕事を再開した。

「あれは酷いと思わないか？　別にトクシマの野郎を贔屓《ひいき》するつもりはないが、あいつが必死こいて姫様やら船守りのお嬢を助けたのは間違いない。俺ですら凄いって思った。なのにいくら何でもあの言い方はないだろ？　あれが姫様の本音だってのなら、きっとあんたの働きにも、艦長やメイドさんや船守りの嬢ちゃんの献身に対しても、ああいう態度をとるってことになる」

オー・ド・ヴィはチャンを振り返らないまま頷いた。

「ま、貴族連中が偉そうで傲慢なのは、あんたらの国では普通なんだろうけどな？　今だって作業を手伝わずにどっかでサボってるだろ？　別に怪我したとかでもないのに」

調理場では、シュラやケミィ達が給養員の指導で海水を浴びた鍋や皿や食器を洗っている。しかしその中にはプリメーラやアマレットの姿はなかった。それがチャンには気に入らないらしい。

「お二人は今、お医者の手伝いなので」

するとオー・ド・ヴィは、二人がいない理由を告げた。

「医者の手伝い？　あの王女さんにそんな真似が出来るのかよ？」

「怪我の手当は貴族の嗜《たしな》みですからね。出来るはずです」

オー・ド・ヴィは肩を竦めると、そんなことも知らないのかと、貴族女性が身につけていて当然とされる嗜みについて説明した。

人も羨むような富貴な生活を送る王族や貴族だが、彼らとてまったく何もしない訳ではない。時として領土や権益を守るために一族郎党、家臣達を率いて戦わなければならないのだ。

生活の場である屋敷が城館として戦いを意識した作りになっているのもそのためで、籠城《ろうじょう》の際には貴族女性もメイド達を率いて食糧の備蓄、管理、調理、そして負傷兵の手当を差配することが求められる。

実際に、海賊アーチの英雄譚においても、アーチ一家に救出されたアヴィオン王室最後の王女は海賊船の調理場で采配を揮《ふる》い荒くれ男どもの胃袋を掴み、戦いに傷ついた彼らを手当したというエピソードがある。その娘として生まれたプリメーラが、料理と看介護の術《すべ》の重要性を厳しく教えられていないはずがない。

「へぇ……なるほどねえ」

チャンは驚いたように目を丸くして、拾い上げた玉ねぎを箱に入れた。

「貴族ってのは、従者に傅《かしず》かれてなければ何も出来ない連中だとばかり思ってたぜ。実際、俺が知り合った貴族だの王族だのもそういう輩のほうが多かったし」

オー・ド・ヴィは立ち止まるとチャンを振り返った。

チャンは気にせず作業を続けている。

「あのお姫様のとこにも、メイドが片時も離れずにいるだろ？」

「そういう貴族も中にはいます。けど、そういった方はそういった方で、また何か別の面に秀でた力をお持ちのはずなので。何の取り柄もない無能が、引き継いだ門地《もんち》にすがって栄達できるほどこの世界は優しく出来ていません。能力に欠けた人間を、相応しくない地位に置くような国、組織、家は、確実に衰退していくので」

するとチャンは不満そうに鼻を鳴らした。

「けどよ、生まれた時から優秀な家庭教師に囲まれて英才教育を受けられるんだから、人並みより優れたとしても当たり前だろ？」

「それは努力の否定ですか？　知識の量だけが人間の能力を示すものだとでも？」

「いや、俺だって当人の意思や努力を否定するつもりはないぞ。知識の量が人間の能力を示すと決めつけるつもりもない。俺が言いたいのは、環境が違えば、同じだけ努力しても得られる成果が異なるってことだ。そしてそれが代々繰り返されていくことで、格差は拡大固定される。それが貧富だったり、身分の違いを生み出している訳だろう？」

「どんなに優秀な教師がついていても、当人にやる気がなければ何も身に付かないのでは？　学問や技術に王道はない。これは真理でしょう？」

「やる気と才能に溢れていても、良い教師に出会えなけりゃどんな才能も開花しない。これもまた真理だろ？　良い教師や良い勉強の環境ってのは、どうしたって恵まれている奴に集中する。俺はそういう不公平がどうにも気に食わないんだ」

「では、どうしたいと？」

「俺は少しでも世界をよくしたい。人間は誰もが尊重され、必要とするものを必要なだけ享受《きょうじゅ》できて、安心して暮らせる世の中にしたいんだ。おまえさんもそう思うだろ？」

それを聞いたオー・ド・ヴィは、何かを悟ったようにくすりと笑った。

その笑いに、人を小馬鹿にした響きが含まれていると感じたチャンは少年を睨み付けた。

「その笑いはどういう意味だ？」

「ニホンという国が、これほどの軍船を繰り出して救おうとする『じゃーなりすと』なる人物がどれほどの存在なのかと興味を持ってたので。エダジマの説明を聞いて、何らかの神の教えを説く信徒の類かなと想像していたんですが、やはりそうだったと分かったのでつい笑ってしまったんです」

もう一度念を押すようにオー・ド・ヴィは嗤《わら》った。

「もしかして俺は侮辱《ぶじょく》されているのか？」

「とんでもない。私達の国でも神官は人々の尊敬を集めていますよ。ただ、別の神を信奉する者を誘《いざな》うなら、もっと現実的なやり方をしないと。夢物語のような理想を説いてみたところで靡《なび》いてくるのは精神の幼い者か、現実がよく見えていない夢想家だけなので」

「やっぱり、俺は侮辱されているようだな」

「それは受け取り方次第なので」

そう言って、オー・ド・ヴィは肩を竦めた。

「きっと貴方の信奉する教えは一神教なのでしょうね？　知識も教養も才能も、ありとあらゆるものが、全知全能の神から恵まれるものとされているのですね？　だから当然、悦びも幸せも神から与えられるってことになる。けど神にも感情があり、好き嫌いもあるから、贔屓《ひいき》したくなる人間がいる。すると貴方の中に、神の寵愛を受ける人物を羨む気持ちがどうしたって生まれてくる。どうして神は自分よりも、あんな奴に多くの恵みを与えるのか。自分よりも下らない奴をどうして嘉《よみ》し賜《たま》うのか……とね？　だから神と世界を呪う。世界を憎み、世界の理《ことわり》を組み替えたいと思うようになってしまう。チャンさん、貴方が言う世の中とは、神を捕らえて拘束し、その恩寵《おんけい》を乳牛のごとく搾り取って、皆に平等に分け与えるという気色の悪《グロテスクな》い仕組みがある社会なのでしょう？　まあその手の仕組みは、大抵分配を担当する者がいい思いをするように出来ていますけどね」

「お、驚いたな。今までいろんな反論を受けてきたが、そういう解釈をされたのは初めてだ」

チャンは開いた口を塞ぐことが出来なかった。

「私が信じる神はそう説いてはいないので。知識も教養も才能も自分で積み上げるもの。自分の人生は自分で切り開くもの。幸せは与えられるものではなく成るもの。誰しも生まれた時から持っているものは異なる。性別も、身長も、容姿も、頭の良し悪しも、体が健康かどうかも、寿命も、生まれた家の貧富も、運の良し悪しも、全員が全員違っている。それが当然で、違わなければ全くおかしい。何しろ魂からして違っているのだから。ならば人生の価値とは、与えられた条件の中でどれだけ頑張れたか。人生の始まりから終わりまでの間に、持って生まれた条件下でどれだけ己を高めたかにある。鳥は海の深みにたどり着けないことを僻《ひが》むことなく空の高みを目指せ。獣は風を共とする鳥を妬《ねた》むことなく広い大地を駆けることを志せ。魚は乾きに耐えられる獣をやっかむことなく海の潤いを味わい尽くすことを思い立て。それが立志を司る覚神《かくしん》ドゥラの教えなので」

チャンは苦笑した。

「ははは、は、はは」

その引きつった空笑《からわら》いの裏には危機感が隠されていた。

オー・ド・ヴィの言葉は、チャンが抱く理想が矛盾を内包していることをあからさまに指摘していたからだ。

個性は肯定されるべし。しかし現状それは不平等や格差に繋がる。だから格差を生む社会はおかしいと主張する。だがそもそも、幸せになれるかどうかを「豊かさ」で測っていること自体が、それ以外の価値観や個性を否定してしまっている証左《しょうさ》なのだ。

現実的に、世界には貧富以外の格差が厳然と存在する。

格差を是正するために社会が富の再分配を行うべきなら、考えつくあらゆる尺度、例えば賢愚《けんぐ》、美醜《びしゅう》、身長の高低、性格の好悪まで、均衡《きんこう》が図られなければおかしい。

もし本当に全ての格差をなくそうとするなら、人間全員を同じ境遇、同じ遺伝子で生まれさせるべきだ。あるいは人間の好悪の情にまで踏み込んだ極端な管理社会を作るかだ。

いずれにせよ行き着くのは個性の否定だ。それがチャンの思想の矛盾だった。

だからその点には絶対踏み込ませない。触れさせない。世を測る物差しを『豊かさ』だけに絞り、他を論じない。誰かがそこを論じようとすれば下らないと拒絶し、抵抗する。オー・ド・ヴィの言葉や覚神とやらの教えは全くの見当外れ、間違いだと耳を貸さない。何故なら、そうしないと自身の核となっている暗部が浮き彫りになってしまうからだ。

「俺は別に、神の教えとやらを説いているつもりはないんだがなあ……けど、未開の世界で生まれ育った人間は、社会の矛盾に対する無力感を、信仰の力で合理化するってことは理解できた。実に可愛そうな奴だな、お前」

チャンはそう言って笑う。そして忠告した。

「けどな、そういう信念を持つことが出来るのも、自分が恵まれた環境に生まれたからだってことは自覚したほうがいいぞ。今の自分が得ている立場や能力だって、実力で手に入れた訳じゃない。本当に底辺に生まれると、人間、世の中を呪うしか出来なくなるんだ」

チャンは言葉に少し力を込めた。そうすれば相手の心にもう少し響くと思ったからだ。実際ある程度の効果はあったようで、オー・ド・ヴィは眉間《みけん》に深い皺《しわ》を刻んだ。

「恵まれた環境に生まれたというのは、もしかして私のことですか？」

「そのつもりだが？」

オー・ド・ヴィはこれ以上ないというほど破顔した。

「馬鹿を言ってると殺しますよ。私は親の顔も覚えていない孤児で慈童院《じどういん》出身ですが？」

「なんだって？」

「力と野心と幸運の女神の寵愛を受けし者は、どんな所に生まれようと、どのような環境に育とうと、やり方次第でいくらでものし上がっていける。それが世の理です。我がティナエ共和国十人議員の一人、シャムロック・ハ・エリクシールだって悪所《あくしょ》出身ですよ」

「十人議員？　あの国の内閣みたいなものだろ？　ホントかね？」

「みんな知っていることです。もちろん吹聴《ふいちょう》して回ったりはしませんが」

チャンは深々と溜め息をついた。

「お前は酷い境遇に生まれたのに、ただ貴族や大商人の家に生まれたというだけでいい暮らしをしている奴らを恨んだことはないのか？」

「恨むより哀れみます。良い環境に生まれてそこに安住している彼らをね。何しろその者が己の人生で築きあげたものなど何一つないということなので。良い暮らしをしながらそれを保つ能力すら持てないなら、さらに哀れみましょう。彼らには持っているものを失っていく人生しかありえないので」

「俺はそれをなんて言うか知ってるぜ。精神的勝利というんだ」

するとオー・ド・ヴィは何かを思い出したように言った。

「貴方と話していると慈童院の孤児仲間を思い出しますよ。世の中に持てる者と持たない者がいるのは不公平だ。だからその誤りを正す——なんて言って、海賊になるから私にも一味に加われと迫ってきました。でもそれって他人を引きずり下ろしたいだけでしょ？　私はそういうのは好まないので。私はいじめられていた商人の子供を守ってやる代わりに、文字と算術を教えろと迫って、そして本を借りて知識を溜めました。おかげで今では『黒い手』の一員にもなれた」

「けど、頑張りが認められずに左遷《させん》されたじゃないか？　だからここにいるんだろ？」

オー・ド・ヴィは頷き、不満そうに眉根を寄せた。

「それは『黒い手』という組織内でのこと。誰かが引き受けるべき損な役目を押しつけるのに丁度よい落ち度が、その時の私にあっただけのことでしょう？　組織の中での役割や位置付けが私の人生を価値付けるものでもないし、そもそもこれが悪いこととも思っていない。だってアヴィオンの王女に仕えることになったんですから。これを好機として活かすも腐らすも私次第です」

「だからさ、そう考えられるのが強さなんだよ。その強さを持っているだけで、すでに恵まれてるってのに、どうして分からんのかなあ？　世界にはお前みたいになれない奴のほうが多いんだぞ。お前みたいな強さや野心を抱けない奴は一体どうすればいい？」

その問いに対するオー・ド・ヴィの答えは、酷く単純なものであった。

「死ねばいい」

「な、なんだと？」

口にすることを憚《はばか》られるその一言を、面と向かって告げられたチャンは呆然とした。

「大抵の人間はハーディの御許《みもと》に参ります。それまでの時を無為に過ごすのが耐えがたいというのなら言ってください。いくらでも殺しますので。ハーディの御許が嫌ならば、私に刃向かって戦えばいい。エムロイに召されて別の人生を始められます」

「お、お前なあ……」

「世界は大空、我々は海鳥のようなもの。羽ばたくのを止めたら落ちて死ぬだけでしょう？　羽ばたきもせず空を気持ちよく飛んでいたいと言うわがままは、神とて叶えることは不可能な難事なので。病気が原因なら致し方ありませんが、そうでもないのに高みを目指して羽ばたく意欲が湧かないというのは、要するに生まれてきた意味も、価値も見出せず、自分が生きた痕跡すら残すつもりもないということ。弱さに甘んじて開き直り、自分の可能性を探しもせず、今持っているものを活かすつもりもないという方にかける同情なんてありませんよ。違いますか？」

確固たる信念を抱く者が、正面からぶつけてくる眼光にチャンは気圧《けお》された。

自分の生きる場所、生きる世界は自らの力で切り拓《ひら》くという気概を自信たっぷりに語る少年に対し、世界は生きにくいと不平不満を垂れるしかない人間は、面と向かって返す言葉など全く出てこないのである。

＊　＊

その頃、士官食堂では、医官と衛生員が乗組員の手当に忙殺されていた。

具体的な手当内容は、深い裂傷を負った患者には傷を洗って針で縫う、浅い傷ならステリテープで貼り合わせる。骨折した腕には水に浸したキャスティングテープ（巻き終えてしばらくするとカチカチになる特殊素材）を巻いていくといったことである。

ただ、患者の数があまりにも多く医官一人ではとても捌《さば》きれそうにない。そのため看護師資格を持つ衛生員も医師の指示の下（というのが、法律上の建前であることは言うまでもないことだが）、医師でなくても出来る手当をしなければならなかった。

オデットの処置が一段落したという連絡を徳島から受けたプリメーラとアマレットは、彼女を見舞うために士官食堂にやってきた。だが、その現場を見て絶望感で立ちすくんだ。

「なんということでしょう⁉」

「これは酷すぎます」

負傷者の多さと痛々しさに胸が痛んだのだ。

加えて、大勢の男性が屯《たむろ》する士官食堂で、オデットが無防備に眠っていたことにもっとショックを受けた。

とはいえ、医師や看護師を責めることは出来ない。乗組員達はどこかしらを負傷し、早急な手当が必要なのは一目で分かるからだ。治療の場所を別に移せとも言えない。この狭い船の中にそんな場所はないからだ。

同じ理由で、オデットを移動させることも難しい。しかし、このままオデットの姿を衆目に曝し続けるのもそれはそれで大問題であった。何しろ腟から下が失われたオデットの両足が高く持ち上げられているのだ。行き場を失った血液により両足がむくみ始めている。それを抑えるための処置だと衛生員は説明してくれた。

「けど乙女の無防備な姿を曝すだなんて、この船の男達は無神経が過ぎます！」

プリメーラは、オデットの姿を隠すべく走り寄った。

「お嬢様のおっしゃることは分かります。けれど彼らはそれどころではないのです」

「でも、これはあんまりです」

「お任せください。わたくしに考えがございます」

そう告げたアマレットは、まず眠っているオデットの姿を隠して欲しいと医官に求めた。

もちろん言葉が通じないから身振り手振りだ。しかし彼女の必死の訴えはなんとか通じ、湊三佐も自分の無神経さを認めた。

「誰かカーテン持ってこい。シーツでもいい！」

「は、はい」

潜水艦の男所帯で長く生活していると、デリカシーに類するものが磨《す》り減ってしまうのだ。そこで乗組員にシーツを持ってこさせると、天井にガムテープで貼り付けてカーテン代わりとさせた。

「これでどうにかなりましたね」

「でも、アマレット。これはこれで問題じゃないかしら？」

確かにオデットの姿は隠せたが、何人もの男達に取り囲まれていることは変わらない。それどころか視線が届かない分、別の危険性が増したとも言える。常に誰かがオデットに付き添い、容体を見張っている必要が生じるのだ。

「かしこまりました。ではお嬢様が見張っていてください。その間に私が医師を手伝います」

「でも、わたくし達に出来ること、あるのかしら」

医師達が行っている手当は、自分達が学んだものとはかなり次元が違っている。そのため手伝えることは何もないのではないかと思えたのだ。

だがアマレットは、出来ることなど山ほどあると言った。

「こういう現場では、単純な仕事ほどおざなりにされているものです。そこは特に技術など必要としないのです」

例えば、箱に入っているキャスティングテープを取り出し、使用できるようにガーゼに挟んでおく。縫合《ほうごう》の針や糸を包んでいたパック、血で汚れたガーゼを捨てる。そういったことは、手本さえ見せてもらえれば後は真似するだけでいい。作業を代わってあげることで彼らは専門知識と技術を必要とする仕事に専念できる。その分、仕事も早く終わるはずなのだ。

プリメーラもアマレットの言葉の正しさを認めた。

「それしかないようね。疲れたら言ってちょうだい。すぐに代わるから」

「では、交代しながらにいたしましょう」

こうしてプリメーラはオデットに付き添い、アマレットは治療を手伝い始めたのである。

プリメーラは親友を見守るため、治療台を囲むカーテンの中に入った。そして眠っている彼女の傍らに腰掛けると、しばしその横顔に見入った。

オデットの綺麗なかんばせに血の汚れが付着している。それに気付いたプリメーラは、手巾《ハンカチ》を取り出すと丁寧に拭いた。

無垢《むく》な彼女の肌には、少しの汚れもあるべきではないと思えたのだ。形の良い白い眉、弾力ある頬、長い睫《まつげ》。どれをとってもヒトなんかでは及ばないほど翼皇種《アヴィ》は美しい。何としてもこの娘を守ってやらなくてはと思えてくる。

「アマレットさん、ここ支えといて！」

「アマレットさん、これに水を汲んで！」

カーテンのすぐ向こうでは、アマレットの名前が呼ばれていた。言葉は分からなくとも身振り手振りで何を求められているか分かる。アマレットは医師に求められていることを注意深く察知しながらその有能さを発揮し、あっという間に頼られ始めた。

忙しく働いている気配が、すぐ傍らからも感じられる。

医師が何かを患者に質問し、検査し、手当をしている。

患者が苦痛を堪えきれなくて、呻き声が聞こえてくることもある。

肘か何かがぶつかって、カーテンがこちら側に向けて大きく膨らむこともある。

この士官食堂には常に誰かがいるのだ。

けれど、薄い布一枚がそれらを気分的に別世界のことにしてくれた。

加えて、オデットは眠っている。深く深く眠っている。だからプリメーラはこの白い布で覆われた空間の中で、久しぶりに一人きりになった。

「わたくしが公子様を探して欲しいと求めなければ、オデット号はあの海域に赴《おもむ》くことはなかった。今頃、ナスタの港に逃げ込むことも出来ていたはず。乗組員達も鎧鯨に食べられてしまうことはなく、オデットがこんな目に遭《あ》うことも……」

だが一人になると、プリメーラの頭の中を考えまいとしていたことが駆け巡り始めた。

誰かが近くにいる間は目を逸らすことが出来ていたこと、意識せずに済んでいたことを直視しなければならなくなったのだ。

確かにあの時、ティナエに駆け込んで父に助けを求めるという選択肢もあった。そうしていればオデット号は今頃ナスタ港に入り、乗組員達は命懸けの航海から帰れただろう。そしてシュラは、艦長として航海を成し遂げたことを喜んでいただろう。

けれどプリメーラはそうしなかった。シーラーフ侯爵公子を探すことを求めたのだ。

それは、何としても夫を助けたいと思っていたから。結婚したばかりの新妻として……いや、そうでなくても伴侶を助けたいと思うのは妻として当然の気持ちだ。

「ううん、それは違うわね」

だが、プリメーラは自分を省みて頭を振る。自分に嘘をついても始まらない。夫を助けたいだなんて建前だ。何しろプリメーラは、シーラーフ侯爵公子のことを愛してなどいなかったのだから。

しかし、それも仕方のないことだった。

結婚前は午餐《ごさん》会で数回話をした程度。結婚を決めたのも、シーラーフ侯国に援軍を求める政略のためだ。そして実際に結婚してから僅かな日数しか経っていない。

結局、プリメーラは妻という役割を演じていただけ。そう、つまりは嘘なのである。

だが言い訳をするならば、それはいつか本物の愛情になると信じていた演技だ。そもそも貴族同士の結婚とはそういうものだ。二人が穏やかに暮らし続けていたら、いずれ心の中に愛情が宿り、演技も本物になり得た。だからこそ誠実に、妻の役割を演じようと思っていた。

だが、本物にはならなかった。そうなるだけの時間は得られなかった。

不幸は、その場で演技を止められなかったこと。公子が死んだ途端、演技を止めてしまってはあまりにもあざと過ぎる。だから演技を続けた。真剣に、懸命に、一心不乱に、取り乱しそうになりながらも、一縷《いちる》の望みを懸け、必死に理性のタガを保ち、夫の無事を祈り、探し続けている。そういう演技を。

それはシーラーフに戻った後、義理の両親から「貴女がそこまでして息子を探したのに見つけられなかったのだから、もう仕方のないことです。あなたの、そしてティナエ共和国のせいではありませんよ」と言ってもらうためでもある。

だが全てが裏目に出た。オデット号の何人もの乗組員が死んだ。オデットは足を失ったし、シュラは船を沈めた艦長という汚名を一生背負っていくのだ。

これらは全て、自分がもたらした惨劇なのだ。

しかもたかが演技のため、言い訳のために、だ。これでは損得が全く釣り合わない。

失ったものが大き過ぎる。

だからこそプリメーラは、オデットが足を失ったことを、徳島のせいだと思いたかったのかもしれない。せめてその責任からは逃れたいと思って……

「わたくしって酷《ひど》い女……酷い女だ」

オデット、オデット号の乗組員達、シーラーフの公子。その姿が次々と浮かび上がっては消えていく。

プリメーラは自分の頭を掻《か》き毟《むし》る。

「ごめんなさいごめんなさい、ごめんなさい、ごめんなさい、ごめんなさい、ごめんなさい、ごめんなさい、ごめんなさい、ごめんなさい、ごめんなさい、ごめんなさい、ごめんなさい、ごめんなさい……」

繰り返し繰り返し呟いた。

けれど頭の中でまた、別の何かが囁《ささや》く。

「公子を探そうとして、わたくしはここまでの犠牲を払ってみせました。これでシーラーフ侯爵家に対する言い訳も立つはずです。ティナエとシーラーフの同盟関係は、何とか維持できるでしょう」

その瞬間、プリメーラは背筋が寒くなる思いをした。そんなことを考えてしまう自分の酷薄《こくはく》さが恐ろしくなったのだ。

「ごめんなさい、ごめんなさい、ごめんなさい、ごめんなさい、ごめんなさい、ごめんなさい、ごめんなさい、ごめんなさい、ごめんなさい、ごめんなさい……」

怒濤《どとう》のように押し寄せる危機に成す術もなく振り回されているのに、一方で冷静に損得勘定をしている怪物のような己がいることに気付いて、プリメーラは深く傷付いた。

そしてそんな自分を許して欲しいと、深く眠るオデットに縋《すが》ったのであった。

「お嬢様!?」

ふと声を掛けられ、プリメーラは慌てて顔を上げる。

「なあに？　もう交代？」

プリメーラは素早く涙を拭き、掻き毟った髪を整え、何事もなかったような表情を作って振り返った。

それはお世辞にもうまくいったとは言えなかった。プリメーラが何をしていたのか、涙で腫《は》れ上がった目を見れば一目瞭然なのだ。

だがカーテンの隙間から頭だけ突っ込んできたメイド主任は、気付かないふりをするくらいには優しい性格をしていた。

「お嬢様。もう治療は終わってしまいましたよ」

「え!?」

プリメーラの体感では、ほんの僅かな時間しか流れていないように思われた。

だがカーテンの隙間から顔を出してみると、士官食堂は閑散としている。溢れんばかりにごった返していた怪我人も、医官も、衛生員もいつの間にかいなくなり、プリメーラとアマレットだけが残されていたのだ。

「いやだ、わたくしったら。アマレットだけに働かせてしまったのね」

交代すると言っておきながら申し訳ないとアマレットに頭を下げた。

だが主任メイドは良いのですと言ってくれる。そもそも彼女は、心身が不安定のプリメーラを働かせるつもりがなかったようだ。そして今のプリメーラには一人でぼうっとする時間が必要なのだと言った。

「気を遣わせてしまいましたね」

プリメーラはアマレットに礼を告げる。するとアマレットは胸を張った。

「それがメイドの務めですから」

プリメーラの目尻に熱い何かがじわりと湧き上がる。

だがそこで、徳島に先導されたシュラやオー・ド・ヴィ達がどやどやと入ってくるのが聞こえた。

「ったく、あっち行けこっち行けってやかましい奴らだぜ」

ぶつぶつ不平不満を口にするチャンの姿やそれを宥《なだ》める江田島の姿もある。

プリメーラが何よりびっくりしたのは、何の心構えもなしに視界に飛び込んできた徳島の姿だった。

胸を打つような衝撃が全身に走り、慌ててカーテンの中に隠れた。

「ど、どうしたのですか？」

忠良《ちゅうりょう》なメイド主任が囁きかけてくる。だがプリメーラは即答できない。

「……」

プリメーラの徳島に対する感情はとても複雑だった。

海中で溺れかけていたのを救ってもらった感謝がある。同時に、いくら助けるためとはいえ、唇を重ねるという行為を強《し》いられた恨みもある。その際、衝動の虜《とりこ》になって自ら貪ってしまった罪悪感と羞恥心《しゅうち》、親友のオデットを傷つけられた怒り、けれどそれは他に方法がなかったのだという理性からの咎め、そして何故彼を責めてしまったのかという後悔……あらゆる種類の感情が、綯《な》い交《ま》ぜになって一斉に襲ってくるのだ。

つまりプリメーラにとっての徳島とは、気配を感じただけで頭と身体の中で台風が吹き荒れるような気分にさせられる存在なのだ。ただでさえコミュ障なプリメーラが、そんな相手を正視できようはずもない。

プリメーラはカーテンの内側からシュラを小声で手招きした。

「え、なんだい？」

「どうしてみんながここに？」

「下の食堂は乗組員達が食事に使うんだってさ。だからその間、ボク達はこっちにいろって司厨長に言われてね。そんなことよりオディの様子はどうだい？」

「眠ってるわ。薬が効いているのだそうよ」

「そっか。でも、顔は見たっていいよね？」

言いながらシュラは、カーテンの中に頭をつっこむ。

「よかった。本当によかったよ。オディが助かってくれて」

シュラは親友の少女が静かに寝息を立てている様子を見て、ほっと息をついた。

しかしプリメーラは目を伏せた。そこには白い包帯に覆われた下肢が見える。

「でももうこの娘は……」

「いいんだよ、生きていてくれるだけで。一緒に冗談を言ったりして笑い合うことも出来るんだから、それでいいじゃないか」

「そ、そうね。確かに……本当にそうだわ」

プリメーラも同意する。

しかしプリメーラには、友人が助かったことを純粋に喜んでいるシュラの姿は、計算高い自分を無言で責めているように感じられた。もちろんシュラにそんな意図がないことは分かっている。それは自分の被害妄想だ。

「……誰か、助けて」

「ん、何か言ったかい？」

首を振るプリメーラ。度《ど》し難いことだが、今の彼女にはありとあらゆることが苦痛の源になってしまうのであった。

02

艦長室では、頭部に包帯を巻いた黒川がベッドに横たわっていた。

すでに意識は取り戻していて、湊医官が手足の肘や膝を打腱槌《だけんつい》で叩いたり、眼前で指を振ったり、眼に光を当てるなどして脳に異常が見られないかを調べている。

そしてその様子を江田島や『きたしお』の幹部達がじっと見守っていた。『きたしお』の幹部達も大なり小なり負傷し、手足や頭に包帯を巻いているが、受けたダメージは黒川ほどではなかったのである。

黒川は艦が倒立する時、発令所最後方に据えたパイプ椅子に腰掛けていた。そこは倒立後、発令所内で最も高いところとなった。

為《な》す術もなく落下していく彼の前には潜望鏡があった。その時、咄嗟に手を伸ばしていればここまでの怪我は負わなかっただろう。だが潜望鏡にはすでに哨戒長や潜航長がしがみついていた。黒川は彼らを巻き込むことを恐れてしまったのだ。

「一生涯の不覚だ……」

黒川は溜め息をついた。

自己犠牲、他人を巻き込まない態度、それらは人間的には望ましいことだ。しかし潜水艦と乗組員七十二名に責任を持つ艦長としては失格の振る舞いでもあった。

艦と乗組員達に責任を負う艦長は、何を犠牲にしても、誰を犠牲にしても、判断力、指揮能力を維持しなければならない義務がある。それは自己保身や、我が身大事の卑怯な振る舞いとは根本的に違い、最後まで艦と乗員に対する責任感を示すものなのだ。

しかし咄嗟の瞬間、黒川は自らそれを放棄してしまった。

しかもその配慮は結局無駄になった。海図室から落ちてきた副長に巻き込まれ、哨戒長も潜航長も後を追いかけるように落下してきて、指揮権の継承も出来なかった。おかげで江田島なんぞに艦の指揮を任さねばならなくなった。これは絶対にあってはならないことだったのだ。

「そんな、大げさにしなくていいのに。もう大丈夫。治ったから」

黒川は医師の診察を煩《わずら》わしいことのように言う。だが湊医官はダメだと冷厳に告げる。

「右の瞳孔収縮がちょっとばかり遅い感じがあります」

「それってどういう意味なんだ？」

「異常所見がありということです、艦長。きっと頭を強く打ったからですね。しばらくは安静にしていただきます」

「しばらくってどのくらいだ？」

「最低でも四～五日。そこで改めて様子を見ます。出来ることなら帰港して検査を受けるまで、ずっと横になっていていただきたいところです」

「頼むよ！　今は寝ている場合じゃないってことは分かるだろ？」

黒川は横たわったまま湊に向けて両手を合わせた。

「いいえ、いけません。ここにはろくな機器がないから詳しい検査が出来ないんです。

だから常に最悪の事態を想定してかからないと」

　湊三佐はそう言って起き上がろうとする黒川の肩を押さえた。

「慎重が過ぎると身動きがとれなくなるんだぞ」

「大胆が過ぎて事態を悪化させるのも悪手ですぞ」

「でも俺が寝込んでしまったら艦はどうする？　寝ながら指揮を執れって言うのか？」

「そのために副長や幹部のみなさんがいるのでしょう？　もし貴方に何かあったら、私が娘さんにイビられることになるんですよ」

『娘さん』の一言を聞いて、黒川は深々と嘆息すると額を押さえた。

「あ、あいつはそんなに強いのか？」

　すると湊は化け物の解説でもするかのように言った。

「もともと病院において看護師とは最強の存在です。彼女達に嫌われたら若手の医師なんて簡単にノイローゼにされてしまう。その前提に加え、娘さんの能力と知識は一流で、しかも実戦経験まであって度胸もある。黒川二尉（部内選抜で昇進）は現場でも最強の存在として一目置かれ、彼女のシンパは今や陸海空全てにいる。そんなのの機嫌を損ねたら我々医官なんて総スカンをくらってなんにも出来なくされてしまいます。何よりも怖いのはあの毒舌……あ、思い出しただけで胃がキリキリ痛くなってきた」

湊はトラウマになるようなことでもあったのか自らの腹部を押さえた。

黒川は額に手を当てたまま呟く。

「参ったな。頭が痛い」

すると湊三佐は顔色を変えた。

「頭が痛みますか？」

「い、いや、そういう意味での痛みじゃないから。酷く困ったという意味での頭が痛いだ。分かるだろ？　分かってくれるよな？」

頭部を負傷した黒川が痛いと言って額を押さえれば、何か異常が起きたのかと心配するのは当然のこと。とはいえこれでは弱音の一つも吐けなくなってしまう。

「ええ、もちろんです。分かってますよ。我々は職場だけの付き合いですが、貴方はアレと父娘《おやこ》で、しかも一緒に暮らしてたんですからねえ」

「アレ⁉　……うーむ、我が子をそのように呼ばれると酷く微妙な気分になってくるが、まあ昔はそうでもなかったんだぞ」

苦い表情を浮かべる黒川を見て、湊はますます危機感を抱いたらしく念を押すように問いかけた。

「けど……本当に痛くはないのですね？　二重に物が見えることもない？」

「ああ、間違いない。痛くなっていないし眼も正常だ」

黒川は何度も何度も頷いた。

その表情を、頭部の動きを、そして眼の動きをじっと観察していた湊は、ようやく納得したようであった。そして再び絶対安静を告げると、やっと艦長室から出て行ったのである。去り際、湊はニヤリと人の悪い笑みを浮かべてこう言い残した。

「もし、ここで無理をして悪化させたら嫌でも入院になるでしょう。そうしたら貴方、ご自身の無防備な身柄を、娘さんの支配する世界に託すことになるのです。そのことの意味について、よ〜く思慮を巡らせてください。退院するまで毎日毎日、彼女に点滴針をブスリと刺され、耳元で嫌味を囁かれることになる恐怖を考えてください。いいですね？」

医官を見送った黒川は、真っ青な顔で幹部達を見渡した。

「し、仕方がない。湊がそこまで言うからには、従ってやるしかないだろう。そういうことで艦の指揮は……」

すると待ってましたとばかりに江田島が黒川に笑みを向けた。ここからは私の出番ですねと言外に訴えている。

だが、黒川は目を据わらせると冷たく言い放った。

「だ、ダメだ。お前に出番はやらん。そもそもあの時、お前に指揮を任せたのはたまたま発令所を任せられる者がいなかったからだ。そして寸刻を争う非常時であることが重なったからだ。『きたしお』には、こうして俺を補佐してくれる幹部達がこれだけいる。ここで寝ていたって指揮は出来る。だからお前は下がっていてくれ」

　すると江田島は肩を竦めて素直に退いた。

「そうおっしゃると思っていました。もしそうおっしゃらなかったら、それこそどうしようかと思っていたほどです」

「そ、そうか？」

「ええ。黒川艦長、貴方はそれほど顔色が悪くなっていたのですよ。しかしどうやら元の調子を取り戻されたようですね。安心しました」

「そうなのか？」

　確認するように皆を見渡す黒川。すると『きたしお』の幹部達も、江田島の意見に賛同するように揃って頷いたのであった。

『これより、『きたしお』はバーサへと帰投する』

　艦長室に横たわった黒川がマイクを通じて艦内に達すると、それを合図に哨戒長の小《こ》松島《まつじま》三佐が命じた。

「前進原速」

「前進原速ヨーソロー」

操舵員が復唱して微速から原速へ。

艦の速度がしっかりと上がっていくのは艦内のどこにいても感じられた。

「三五〇度ヨーソロー」

小松島三佐の命令で、操舵員が艦首の向きを真北やや西寄りへと向ける。

操舵員は仮屋《かりや》海士長。木内海士長は艦が転倒した際に背後から四人の潜航管制員に伸しかかられて首を痛めた。そのためベッドから離れられなくなってしまったのだ。

「ヨーソロー三五〇度」

『きたしお』はジャビア島の西を北上してアヴィオン海を離れ、グラス半島沖を経てバーサ港へと向かう。だが一〇〇〇キロ以上の道のりを潜水したまま進むのは、原子力潜水艦でもなければ不可能だ。そのため副長の八戸《はちのへ》は露頂《ろちょう》を命じた。

バラストタンクからの排水音が艦内に響き渡る。艦首を上にして艦が大きく傾き、乗組員達はエレベーターが上昇する時のような浮遊感覚に襲われた。

発令所では操舵員の仮屋が、舵をしっかりと握りつつ深度を示す数字を読み上げている。

「一七〇、一六〇、一五〇……」

時折船殻の鋼鉄が耳障りな音を立てる。

だがこれは深海に潜っていく時とは異なり、強烈な水圧で締め付けられていた艦体がその圧力から解放されることで起こる音であった。

「深さ六〇、五〇、四〇……」

操舵手が舵をゆっくりと押し戻す。すると艦の傾きと浮上速度が和らいでいった。

「深さ三〇、二五《ふたじゅうご》、二〇《ふたじゅう》……深さ一八」

「近距離、目標なし」

「対空、目標なし」

八戸が潜望鏡を覗きながら周囲をぐるりと一周する。そしてすぐに潜望鏡を下ろして告げた。

「露頂した！」

発令所のあちこちで露頂したという復唱の声が返ってくる。

哨戒長の小松島は間髪容れずに続けた。

「自動スノーケル用意。二機《ふたき》運転！」

発令所の乗組員達が待ってましたとばかりに仕事にとりかかる。

『自動スノーケル用意。二機《ふたき》運転。電動機室了解！』

「発電電動機室、機械電動機室、自動スノーケル用意よし」

「スノーケルはじめ」

海中から煙突にも似たスノーケルが海面上に頭を出す。

そこから空気を取り入れながらディーゼルエンジンが唸りを上げて回転を始めた。

発電された電気が電池を満たしていく。常時発電することで『きたしお』は電池の残量を気にすることなく速度を出すことが出来る。

黒い艦体は透明な海面下を力強く進んでいったのだった。

＊　　＊

海上自衛隊の潜水艦には、鉄の掟として決して動かないものがいくつかある。

その一つが士官食堂での艦長の席だ。

水上艦艇の士官食堂では群司令、隊司令といった上官が乗り込んでくると艦長も上席を譲るという。しかし潜水艦ではたとえ上官が乗り込んできても艦長は最上席を決して譲り渡さない。また司令官達もそれを認めて次席を宛てがわれることをよしとする。それが潜水艦艦長という職責の重さを尊重した伝統なのだ。

だから今現在士官食堂の最上席は空席となっていた。

今の『きたしお』には江田島や湊といった定員外の幹部が乗艦している。ただでさえ士官食堂は狭く寿司詰めなのに、総理大臣が来ても譲らないという鉄の掟によって最上席だけがぽっかりと空いてしまっているのだ。

黒川も食事くらいは皆と一緒にとりたいと粘ったが、医官が頑として聞き入れず、ベッドから離れることを禁止した。おかげで幹部達は気軽に会話を楽しんでいた。

潜水艦は狭い空間に数多の男達を詰め込んだ特殊な世界だ。互いの関係性、気の置けなさは下手をすると家族よりも濃かったりする。とはいえ役職と階級が支配する社会であるのも厳然たる事実なので、上役がいないとやはり重石《おもし》がとれて解放された雰囲気になるのだ。

「うーん」

そんな中、副長の八戸二佐がカレーを口に運びながら唸っていた。

「どうしたんですか副長。何か変なものでも混ざってましたか？　あるいは体調がよくない？　湊三佐に診ていただきますか？」

真向かいに座る江田島が問いかける。艦長ほどは酷くないが、八戸の身体からも湿布の匂いがしている。あちこちに打撲を負っているのだ。

「実は航行計画のことを考えてまして」

八戸の言葉に、江田島は苦笑した。

「食事時ぐらい仕事のことを忘れたらどうです？　それではご飯が美味しくないでしょう？」

「ですが、出来るだけ早くバーサに帰港したいので」

バーサというのはロマ川が碧海に注ぐ河口にあるエルベ藩王国所属の城市だ。

日本はその河口にある無人の中州をエルベ藩王国から租借《そしゃく》し、ジブチ方式の地位協定を結んで海上自衛隊の基地を建設していた。海上自衛隊の特地の海への展開は、全てそこを起点に行われているのである。

航海長を兼ねる八戸は、どの針路を選んだら最も早くバーサに帰港できるかばかりを考えているという。早く施設の整った病院に艦長やオデット達を連れて行きたいらしい。

「しかしすでに我々は最短ルートを進んでいるではないですか？　速度も最も効率の良い設定にしている。これ以上日程を縮める余地はないはずですが？」

「実はその最短ルートが問題でして。これをご覧ください」

八戸は皿の上のご飯とカレーを使ってグラス半島を形作った。

カレーが海で、白いご飯が陸だ。

半島の東に位置するヌビア島とウービア島も当然のように存在している。何も見なくとも皿の上にここまで正確に地形を再現できてしまうのだから、八戸がどれだけ長い時間、海図と睨めっこをしていたかが窺えた。

「これはグラス半島とその周囲の島嶼《とうしょ》です。半島の東側はティナエ島東の東堡礁《とうほしょう》と同じく、珊瑚礁《さんごしょう》による浅海域が広がっていて安全な航行が出来ません。そのため半島東側の沖合を大きく迂回しなければバーサへは向かえないのです」

現在『きたしお』はジャビア島西岸沖を北に向かって航行中である。

ジャビア島を通り過ぎるとグラス半島を迂回するために針路を一旦北東に変えなくてはならない。その理由は八戸が語ったように浅海域が広がっているためだ。

江田島はその説明に頷いた。

「その海域のことならば私にも多少の知識はあります。以前、帝国の皇女と、陸自幹部の乗った船が座礁したことがありましてね、大規模な捜索隊を派遣したんです」

「そうでしたか。では、統括のほうがこのあたりのことは詳しいようですので前置きは省きます。さて結論だけ申します。この浅海域を突っ切ることが出来たならバーサまでの日程を三日は短縮できます」

八戸はそう言うとスプーンでカレーの海にまっすぐ線を引いた。

「しかし、そのあたりは水深が平均で五メートルもないことはご存じですよね。無茶をして事態を悪化させるよりも安全に進むべきだと私は考えますよ」

江田島は無茶をすべきではないと警告した。

潜水艦の深度は艦底を基準にする。露頂状態の深さが一八ということは、海面下一八メートルに艦底があるということだ。完全に浮上した場合のそれは八メートルくらいになる。しかしそれでも平均五メートルの浅海域突破は無茶としか言いようがない。

「ですが、ティナエ東方沖の東堡礁では……」

「ええ、アクアスの皆さんのおかげで通過できました」

「今回も同じように出来ませんか？」

どうやら八戸は、日程短縮の誘惑に搦《から》め捕《と》られているらしい。アクアスの協力を得て艦が通過できる深い海を探りながら進めば、大幅な時間短縮になるのではと期待しているのだ。

「しかし手探りで航路を探すとその分だけ速度は下がります。もちろん航路の開発は重要ではありますが日程の短縮に繋がるかは怪しく思えますよ。逆に余計に時間がかかってしまう可能性のほうが高い。急いでいる時ほど冒険は避けるべきなのではありませんかねえ？」

するとと八戸はがっかりしたように肩を落とした。

「確かにそうですよね……」

「しかしどうしてそこまで焦ってらっしゃるのですか？　普段の冷静沈着な貴方にはとても似つかわしくない発想です」

すると八戸は言った。

かつて自分が若かりし頃、父親が頭部を打って硬膜下血腫《こうまくかけっしゅ》というものになった。最初は頭を軽く打った程度に思われた。父も自分で何でもないと主張していたし、自分も学校があって急いでいた。だから医者にも連れていかず放置しておいた。しかし八戸の父は数日後に亡くなってしまったのである。

実は父の頭蓋内では小さな傷を負った血管から出血が起きていた。少しずつ少しずつ、漏れ出た血液が脳髄《のうずい》を包む硬膜という膜の下で溜まっていき、それが大きく広がり柔らかい脳細胞をどんどん圧迫していったのだ。

以来八戸は後悔し続けてきた。もしあの時、念のためにと医者に連れて行ったならば、父は死なずに済んだかもしれない。

そして今回の黒川艦長だ。副長は頭を強く打った彼がそうなってしまうのではないかと心配していると言う。

「湊医官がちゃんとついてますよ。彼は急げとは言わないでしょう？」

「湊の奴はろくな検査も出来ないってぶぅたれてます。つまり彼だって判断がつかずに困っているってことです」

「確かにそうですね」

江田島は唸った。

もし、これが本で読んだとか健康番組で見知ったという話ならきっと聞き流していた。しかし江田島は個人的とはいえ実体験に基づく危機感は軽んずるべきではないと常日頃から思っていた。何か嫌な予感がする。そういう感触は言葉や耳目に飛び込んでくる意識に上りやすい情報と違って、本当の意味での第六感的予兆——例えば聞こえない波長の音、微弱な振動、僅かな匂い、そんなものに対する反応として起こっている場合も少なくないのだ。

とはいえ、それでは無茶をする理由にはならない。江田島はしばし考えた上で告げた。

「やはり浅海域を進むことには賛成できません。日程の短縮は、別の方法を考えるべきです。もちろん艦長が下す決心については、部外者の私が異議を唱えることはありません。しかしこれが相談ならば私の意見は反対ということになります」

この言葉を聞いた八戸は、肩を大きく落としたのだった。

＊　＊

『グラス半島沖の浅海域突破計画』はこうして企画段階で断念された。

八戸も時間を惜しんで未踏の海域で立ち往生するリスクを考えると、既知の海を安全に進むことを選ぶしかなかった。最悪の場合は、飛行艇を呼んで怪我人だけ戻すという選択肢もある以上、冒険は避けるべきなのだ。

だが『グラス半島沖の浅海域突破計画』は思わぬ形で蘇ることとなる。アクアス達から申し出があったのだ。

「ちょっと小耳に挟んだんやけど、バーサまで近道したいんやて？」

いつものように科員食堂でタマネギの皮を剥いていた徳島に、ケミィがすり寄ってきた。

「それ、誰から聞いたの？」

徳島は手を止めることなく聞いた。

「こんな狭いところに人間びっしり詰め込んでるんやよ。上の人らが何かに悩んでれば、あっという間に知れ渡るってもんや」

ケミィは人の悪い笑みを浮かべる。

「でも、八戸副長は結局迂回するルートを選んだみたいだよ」

徳島は心配しなくてもいいと返した。

「あのあたりの海は浅いもんなあ……」

言いながらケミィは寂しげに肩を竦めた。

「でも、どうして誰もウチらに相談してくれへんのやろ？　聞いてくれれば、近道くらい案内するのに」

徳島は、ふと玉ねぎの皮を剥く手を止める。

「近道があるの？」

「うん。このくらいの船ならどこもひっかけたりせずに通れるはずやで」

「けど、そんなルートがあるなら、今までどうして誰にも知られてないのかな？　もしかしてアクアスの秘密だったりする？」

「秘密とかちゃうで。ただ、普通の船には通れへんから」

「どういうこと？」

「なんて説明したらええんやろなあ？」

ケミィはしばし考えるとこう言った。

「実は、その道って海の中……洞穴《どうけつ》なんや」

「ど、洞穴？　海の中に？」

「せや。穴と言っていいか分からへんほど大きい穴や。あのあたりの海が浅いのは珊瑚がびっしり生えてるからなんやけど、実はその下が……ほら、ちょうどそこの食卓の下みたいに広々としてるんや」

ケミィはそう言って科員食堂のテーブルを指さす。

「海の中の穴なんて普通の船は使えんやろ？　だからこれまで陸者《おかもの》はだーれも気にせんかったんよ。けどこの『せんすいかん』は潜れるやんか。なら通り抜けられるはずや」

徳島はケミィの指に誘われるようにテーブルの天板の下を覗き込む。確かにテーブルの下には、穴と呼んでしまうには抵抗のある広い空間が開けていたのである。

「天井の厚みは？　深さは？」

「厚みはよく分からん。けど、中の深さはあんたらがフタジュウとかロクジュウとか言う範囲やと思うよ」

「なるほど、それなら通れるかも」

「……ただ、もちろん、いいことばかりじゃないよお」

「どんなこと？」

するといつも朗《ほが》らかなケミィが珍しく真顔で語った。

「こういう薄暗いとこには、光の当たる場所とはまた別の連中が棲《す》んでるんや」


徳島の報告を受けた八戸副長は、早速艦長室の黒川の下に赴き意見具申した。

「航路の開発は、我々に課せられた望成《ぼうせい》目標の一つです」

黒川を早く設備の整った病院に連れていきたい。八戸はそういう期待を持っていることを伏せて説明した。

だからだろうか、黒川はベッドに横たわったまま頷いた。

「浅海域を突破できるというメリットは確かに大きいな」

グラス半島の東岸沖を通過するのに三日節約できるというのはとても魅力的なのだ。

しかし黒川は慎重でもある。

海底にある洞穴へ、潜水艦で進出するなど前代未聞だからだ。北極海では分厚い氷の下を米露の原潜が行き交っているが、これとは次元が全く違う。

『きたしお』はいかに高性能とはいえ、潜っていられる時間に限りのある通常型潜水艦だ。どれほど時間を要するか分からない洞穴突破を軽々に試みる訳にはいかない。

「洞穴突破にどれくらいの時間がかかる？」

「彼女達の話を聞いて出口までの距離を推定しましたが、距離の点では問題ありません」

「まっすぐ進めるならな」

「計画としては微速で進んで電池残量を三分の一消費しても突破できなかったら、後退しようと目論《もくろ》んでいます」

言いながらも、ケミィ達から洞穴内の様子を詳しく聞いた八戸は、後戻りすることはないだろうと思っていた。その程度には、彼女達の言葉にも信頼を置いていた。

「だとしても問題点があるぞ。いかに信頼関係が出来ているとはいえ、現地協力者に艦の命運を託しきってしまう訳にはいかない」

問題は窓のない潜水艦からは外――つまり洞穴内の様子が分からない。説明を聞く限りでは無数の柱が天蓋を支えているということだが、その柱に衝突してしまうことを避けるためには誰かが外に出て監視する必要がある。そしてそれはアクアス達に任せることの出来ないものなのだ。

「徳島がセイルに立つと言ってます」

「潜航中にか？」

「はい」

「深さはいいとしても時間が問題だ。そんな長時間の海中での活動、大丈夫なのか？」

長時間の潜水には低体温、潜水病などのリスクがある。

「艦内に潜水員の資格を持つ者が七人いるので、全員で三十分ごとに交代しながらやると言っています。もちろんアクアスの皆さんの補助が必要ですが」

「しかし交代するといっても、海底洞穴の中でどうやって外に出る？」

「水中発射管を用います」

「コミュニケーションはどうする？」

「アクアスの皆さんとのコミュニケーション用に、水中マイク装着のマスクと、骨伝導イヤホン、スピーカー等の用意があります。水中スピーカーを用いれば、艦の周囲二〇〇メートル程度なら音声が届きます。向こうからの声も水測室を通せば拾えます」

「潜水病対策は？」

潜水病対策とは、潜水によって人体の血液中に溶け込んだ窒素をどう処理するかである。

これは炭酸ソーダのボトルをイメージすると分かりやすい。

ボトルを激しく振ったあと、蓋を開く（＝気圧を急激に下げる）とそれまでソーダに溶け込んでいた炭酸が大量の泡となって噴き出す。これと同じ現象が深い海から浮き上がってきたダイバーの体内で起こってしまうのだ。

圧力のかかる海中で長い時間過ごすと、血液中に溶け込む窒素は半端ない量になる。これが浮き上がった（＝圧力が低下した）際に血管内で泡となり、深刻なダメージを人体に起こす。下手をすると死をもたらすのだ。

そのため通常はいきなり浮上し（圧力を低下させ）ない。ゆっくりゆっくり時間をかけて深度を浅くしていき、血液中の窒素が泡にならないように肺から自然排出されるのを待つ。

この待機時間と潜る深さの管理がきちんとこなせるかどうかが、ダイバー資格の必須条件なのだ。

しかし水中発射管を使って艦内に戻ったらそれが出来ない。

艦内の気圧は一般に海面と同じに設定されているから、それこそ炭酸ソーダのボトルの蓋を開けたのと同じ事態になってしまう。潜水艦が深く潜航する際艦内の気圧も上がるが、それは艦全体が海の強烈な圧力に押しつぶされて起こることであり、気圧の上下幅は『些細』と言って良いレベルでしかないのだ。

そこで八戸は言った。

「艦内の空気圧そのものを上げて対処します」

「つまり艦全体を減圧室に仕立てようって訳か。なるほど……」

減圧室というのは、血液に溶け込んだ窒素が泡にならないよう気圧を高めた部屋のことだ。

「ならばいいだろう」

こうして黒川は最終的な許可を出したのである。

ちなみにアクアスには潜水病が起きない。何故どうしてそうなっているかは潜水医学者達が研究している最中であった。

『発令所、艦橋。ブルーホールが見えてきた』

発令所に艦橋の哨戒長からの声が響いた。

「徳島、上がります」

「おうっ、上がれ!」

すると徳島は、早速発令所前部にあるハッチから艦橋へ上がった。すでに水に潜れるよう潜水服を隙なく着込んでいる。

艦橋に上がると抜けるような青い空と、水の透明度と底までの浅さを感じさせる薄水色の海が広がっていた。

グラス半島東方沖は、珊瑚が微細生物を食らい砂粒などを漉《こ》すせいか、海水の透明度が異常なまでに高い。南国の鋭い日差しは、海面の薄膜に隔てられても海中奥深くにまで届くのだ。

海面を覗き込むと、波立った水面の下に海底珊瑚の姿がはっきりと見える。おかげで『きたしお』の艦体が日光を遮って作る影までもが海底に映っていた。『きたしお』が宙に浮いているように見える。いつもより高いところにいると錯覚して恐怖感すら覚えるほどだ。

そして目指す先にあるのは、海の真ん中にぽっかりと口を開けた群青《ぐんじょう》の穴。直径は三〇〇メートルと少し。その中央に向かって『きたしお』は進んでいた。

「これがブルーホールですか⁉　俺、こういうの初めて見ますけど、いい観光地になるでしょうねえ」

徳島はその見事な景観に感嘆の声を上げた。

すると哨戒長の小松島が双眼鏡でぐるりと周囲を見渡しながら言う。

「ああ、カリブのブルーホールは凄かった。けどここはあそこ以上かも。ここの海は透明度がもっと凄いから、潜った景色も綺麗だろう。黒川艦長がこれを生で見られなくて悔しがるのが目に浮かぶ」

するとと突如スピーカーから黒川艦長の声が流れた。

『聞こえてるぞ』

艦長室には艦内の様子が把握できるよう、各種情報を表示するモニターやスピーカー、マイクなどが設置されている。発令所への報告の類も当然聞こえるのだ。

「艦長、いい景色ですよ」

小松島は悪びれずに黒川に語りかけた。

『くそっ、全部湊の奴が悪い。湊の奴め、湊の奴め……』

黒川はなんでもかんでも禁止してしまう湊医官に怨嗟《えんさ》の声を上げげた。おかげでどれほど悔しがっているかが窺えて、徳島と小松島は顔を見合わせて笑ってしまう。

「よし、そろそろだな。後進半速！」

哨戒長が命じると艦に減速がかかった。

船にはブレーキがない。そして水の抵抗を極力受けないように作ってあるから、機関を止めただけでは惰性でどんどん進んでしまう。そのため目的の位置でピタリと止めるには、しかるべきタイミングで後進をかけてやらなくてはならない。

「艦長、次回来る時は是非直接ご覧になってください。本当に綺麗な景色ですから」

小松島は、ブルーホールの中央に位置するよう発令所に指示をしながら艦長に言った。

『ああ、絶対にそうする。きっとまたここに来てやる。そして徹底的にこの景観を堪能してやるんだ』

黒川はそう繰り返した。


珊瑚礁の海のど真ん中。

そこに口を開いた群青の円の中心に、『きたしお』は静止していた。

遠くからやってくる小さなうねりが『きたしお』の艦体を静かに上下させる。その周囲では一定の距離を置いてケミィ達人魚がゆっくり泳いでいた。

艦橋ではドライスーツを着た徳島がすでに半閉式リブリーザーを背負っていた。そして今は、左右どちらの手でも抜けるようにと胸のあたりに骨裁ち鉈《クリーバー》を装着している。

ダイバー用のナイフなら、ボタン一つでロックとロック解除が出来るので、鞘を取り付けるだけで済む。しかし特地で造られた骨裁ち鉈《クリーバー》はそもそもそういう造りになっていないため、使い勝手が良いように装着するのに苦労があった。

「おいおい、包丁なんか持っていくのか？」

小松島が尋ねてくる。小松島も潜水員資格を持っているから徳島が命を託す道具として選んだそれに興味が湧くようだ。

「どうも魔法の品らしいんですよ」

「へぇ……魔法かあ」

徳島から包丁を受け取った小松島は刀身を太陽に翳《かざ》した。

科学的な点で何かと遅れの目立つ特地世界だが、銀座側世界と比べて優越している点がいくつかある。汚染されていない環境や資源の埋蔵量、生物、種族の多様性などはもとより、何よりも大きいのが魔法の存在であった。

オデット号の司厨長だった男は、自分の権威の象徴でもある骨裁ち鉈《クリーバー》にそれだけの財産を投じていた。知らない者には「『魔法の包丁』!?　どんなジョークアイテムだ!?」と、鼻で笑われるかもしれない。しかし料理人が道具を選ぶ心は、騎士が剣に託す心に何ら劣らない。そのため特地の料理人が愛用する包丁はびっくりするほど高価なのだ。

「今回は、使わないで済めばいいなあ」

そう言って小松島は包丁を返した。

「ほんと、そうですよ」

見渡せばすでに艦橋や甲板で作業していた乗組員達が艦内に降りていっていた。甲板の各所にはロープが張られ徳島達ダイバーが移動する際の手がかりになっている。

『徳島、準備できたか？』

発令所の八戸がマイクを通じて呼びかけてくる。足ヒレを装着し、マスクの内面に曇り止めを塗布した徳島は答えた。

「今、終わりました。用意よし！」

『ケミィさん、そちらの準備はどうか？』

「イイヨォォ」

海面から上半身を出したケミィが手を振った。

彼女の声は水測室が拾い、増幅して艦内に流している。一方『きたしお』からの音声は水中スピーカーを通じて彼女達に届けられていた。

海中で彼女達が発する声は、どこかイルカのものに似ている。アクアスは、陸にいる時はヒト種と同じく声帯を空気で震わせ、口腔と舌とでそれを調節して言葉にする。しかし海中では、別の方法で声を発するのだという。

『では、これから潜航を開始する。みんな気を付けるように！』

「了解や……あんたらも気ぃ付けるんやで！」

ケミィが仲間に注意を促している。

徳島はフルフェイスマスクを装着した。息を大きく吸い込むと空気が肺に流れ込んでくる。

『潜航せよ！』

この号令を合図に、艦橋にいた見張り員が内部に飛び込んでいった。

「潜航、潜航」と叫びながら降りていく。最後に残った小松島がハッチを閉める際、「頼むぞ」と徳島に言い残していった。ハッチをしっかりと閉める金具の音がしたことで、徳島は自分が一人だけ外に残ったことを実感した。

『ベント開け！』

艦のメインタンクに海水が流れ込む音が始まる。

『きたしお』は前進していないため、艦の重さだけで海面の下へ潜っていかなくてはならない。おかげで水面下に全没するまでにいつも以上の時間を要する。

少しずつ、少しずつ。やがて艦橋部分だけが海面上にとり残される。だがその艦橋部分も次第に海面下へ没しようとしていた。

艦橋にいる徳島の足下にも海面がせり上がってきた。足、腰、胸の順でひんやりとした海水に浸っていき、マスクから見える景色がたちまち海面下のものとなる。

外界の音が手のひらで覆ったようなくぐもったものに変わる。海中独特のぶくぶくという音、プチプチと泡の弾ける音も耳に飛び込んでくる。

徳島は一度大きく息を吸うと、シューという空気の流れる音がした。

大きく息を吐くと、小さな泡が海面に向かって上がっていく。

泡を追いかけて視線を上げると頭上には海面が見える。

それはくしゃくしゃにした薄いセロハン膜のようなもので、太陽も青空も浮かぶ雲も全てが膜によって形を歪められてしまう。差し込んでくる光も屈折し、その光に照らされた全てに、海面の波が作る独特の陰影が映し出される。

『きたしお』は艦体を完全に水没させると、そこで一旦止まった。

露頂深度で一時停止。徳島の頭上一メートルほどのところに海面がある。

黒い艦体には鱗に似た光の模様が描かれていた。

『徳島君、どうですか⁉　外の景色は』

水中スピーカーが江田島の声をはっきりと徳島の耳に届けた。

「異常なし。綺麗ですよ」

「うちらも大丈夫やで！」

ケミィ達が海中を泳いで徳島の下へやってくる。

カラフルな長い髪を海中にふわふわと漂わせている姿は、熱帯魚のような鮮やかさだった。

そして身体全体をくねらせながら進む彼女達のフォームからは、モンローウォークに類似する独特の色香が感じられた。

海中で髪をなびかせている彼女のすぐ頭上には波立った海面、そしてその向こう側に輝く太陽が揺れていた。

「どうしたん？　もしかしてうちらに見惚れとるとか？」

「あ、いや……ここの海は異様なまでに澄んでいるなって。まるで水がないみたいだ」

「珊瑚が細かい埃を全部漉してしまうからなあ……それに、ここの砂粒は珊瑚の欠片や。だから結構大きくて重いから、海の底に積もって舞い上がったりせえへんのや」

「なるほど」

徳島はケミィの指差すブルーホールの奥底へ視線を移した。

深くなればなるほど、珊瑚の発する鮮やかな色彩から赤みが失われていき、やがて青と白の二色だけに支配されていく。そしてその向こう側には、群青の極まった暗黒の世界が広がっていた。

徳島達は、これからそこに降りていかなくてはならない。

「トクシマさん、ウチらを守ってな……」

「大丈夫、最善を尽くすから」

「最善じゃあかん。トクシマさんの確約が欲しい」

確約なんて言われても……と思いつつ徳島はケミィらの心を考えてみた。最善という言葉には限界の気配がある。彼女達は、それを超えたら見捨てられるという不安を覚えたのだ。だから徳島に確約を求めたのだ。

徳島は、ケミィらが不安に怯えずに済むよう頷いた。

「分かったよ。何があっても絶対に助ける」

徳島は言いながら、自分が請け負ったことの重さを感じた。そして何かあった時に頼ることになるであろう骨裁ち鉈《クリーバー》の存在を確かめるように柄に手を添えた。


『きたしお』が完全に海中に潜ると、ケミィ達は四方八方へ散っていった。

これからさらに潜っていくにあたり、艦を誘導する役目を担うためだ。大型バスやトラックを車庫入れするための誘導のようなものである。

徳島も海中を泳ぎ、艦橋からゆっくり離れる。そして『きたしお』とブルーホールを視界内に捉えた位置でホバリングした。

「誘導の用意よし！」

徳島の合図を待っていた『きたしお』が、潜航を再開した。

『了解』

メインタンクから大量の空気が排出され、泡となって海面に上っていく。

艦体はブルーホールの奥底に向け、静かに深度を深めていった。

徳島は『きたしお』に僅かに遅れて潜っていく。

意識して自分が艦橋の高さにいるように調整した。

耳抜きを繰り返しつつ息をゆっくり、深く吐いて肺の空気を押し出す。すると身体の浮力が低下してさらに潜っていける。

やがて海底珊瑚の岩盤を真横から見るぐらいの深さを通過し、いよいよその下へ潜り込んでいく。

珊瑚の岩盤の下には、巨大な空間が広がっていた。ケミィの言葉通り、まさに大きなテーブルの下を覗き込んだような景色である。

だが予想に反して、そこは深い闇に閉ざされている訳ではなかった。天蓋のあちこちに開いた小さな穴から、陽光が差し込んでいるのだ。その光が闇を照らしながら揺らめき、まるで光のカーテンのように荘厳で神秘的な光景を作っていた。そして海底には発光性の生物らしいものまでいる。

天蓋を支える無数の楹《はしら》も相まって、徳島の目にはそこはあたかも大きな神殿のように見えたのである。

03

碧黒《へきこく》の海底洞穴を真っ黒な潜水艦が静かにゆっくりと進む。

珊瑚の天蓋と僅かな陽光が織りなす景色は神々しく幻想的だったが、徳島は針路上の障害物を発令所へと伝えるのに忙しく、風景を味わっている余裕がなかった。

「方位〇二二《ふたじゅうふた》、距離八〇に楹二一九《はしらふたじゅうきゅう》番。続いて方位三一〇、距離五〇に楹《はしら》三〇……」

洞穴のあちこちに、天蓋を支える太い楹《はしら》が不規則に並んでいた。

徳島が発令所にその存在を報せなければ、衝突する危険性がある。楹《はしら》にぶつかって天蓋を落としたら降り注いできた岩盤で『きたしお』が埋まってしまう恐れもある。だから見逃しは決して許されないのである。

また、自然崩壊なのか外的な要因なのか、天蓋が崩れ落ちているところもある。

そうした場所では珊瑚の残骸が海底で小山を作っているからこれまた乗り上げを防ぐために報せる必要があった。

徳島はブラックライトで手元を照らしながら、蛍光グリスペンを用いてプラスチックフィルムに障害を一つ一つ書き込んでいく。そして新たな障害を発見するたび発令所に報せていった。

「方位〇五、距離一〇〇、小山一一……」

『了解。とーりかーじ』

復唱が返ってくる。そして『きたしお』の針路が小山への衝突コースからゆっくりと逸れていった。

せめてもの救いは、東京湾の浦賀水道と違い、それら障害が動かずにいてくれることかもしれない。だからこそ徳島一人でもケミィ達の助けを得てなんとか見張りがこなせているのだ。

しばらく進むと、徳島も要領を掴めてきた。

肩の力も抜け、周囲を見張りながらも様々なことに気を払う余裕が生まれてくる。

薄暗い白と濃紺で彩られた景色、そしてそこに棲まう生物達。

珊瑚が作る天蓋の下は、静謐《せいひつ》な世界ではなかった。様々な生物が活発に活動していたのだ。

その中には、徳島が初めて目にする海棲の怪異達もいた。

「ん、あれは？」

徳島は骨裁ち鉈《クリーバー》に手を添えながら右後ろのケミィに尋ねた。

「あれは、ガラーや。あっちはディクルやで」

それらがこそこそと隠れるように逃げ散っていくのを見ると、徳島はその都度手を振った。

「何をしとるん？」

「いや、怖がらなくてもいいよって伝えたくって」

こちらに彼らを脅《おびや》かす意図がないことを伝えようと、イラク派遣の陸自部隊の例に倣《なら》ったのだ。だがそれは上手くいっているとは言い難かった。

「何言っとるん？　逃げてってくれたほうが都合いいやん」

ケミィは気に病む必要はないと脳天気に笑う。ガラーやディクルは陸の種族に例えるならばゴブリンやオークに当たるらしい。そうした連中は、こちらを見ると大抵襲いかかってくるから怖がってくれているほうが都合がいいという。

だが徳島は闇雲に彼らを威圧したくはなかった。

特地で調査活動に就く前、江田島から受けたレクチャーの一つに『我が国の歴史からみる異種族との接触』というものがあったからだ。

「徳島君、君は明治維新前、ペリーの黒船来寇《らいこう》前後の日本が、どのような状況であったかご存じですか？」

「どのような、と言われましても……」

「鎖国していた日本の周囲に出没するようになった外国船に対する日本人の危機意識、外国船の近接に対する反応はどのようなものであったか……ということです」

「確か外国船打ち払い令とかなんとか……やたらめったら時代遅れの大砲をぶっ放していたというイメージです。あと、生麦《なまむぎ》事件とかが薩英戦争の原因になりましたね」

「そうですね。今の我々から見れば、実に無意味で滑稽《こっけい》なことのように思えます。しかし、なじみのないものに対する拒絶感というのは誰にでも普通に湧き上がるもので、当事者達にとってそれは切実でした。幕府が倒され、明治政府が建ったのも外国への対処がうまく出来ないと皆に思われたからと言っても過言ではありません。征夷大将軍――夷《えびす》（異民族、つまり外国）と戦う軍の司令官――であるにもかかわらずその役目を果たしていない。そう見なされたのです。一方欧米列強もアフリカやアジアのなじみのない世界の住民を理解しその考え方に合わせるより、野蛮で下等《かとう》な存在と決めつけて見下し、自分達のやり方に従うよう暴力で躾《しつ》ける道を選びました」

「それと同じことが、特地でも起こり得ると？」

「気を付けるべきです。気を配るべき事柄です。我々は幸いにもケミィさん達アクアスとの接触が上手くいき、そういう愚劣な袋小路に嵌《は》まり込む前に友好的な関係を築けました。彼女達を窓口に、今ではさらに多くの海棲種族と友好関係が広がりつつあります。しかし海に棲まう部族全体から見れば、まだごく一部に過ぎません。我々のことをよく知らない現地の方々が危機意識を掻き立てられ、我々に対する苛烈な対応を決意してしまう可能性とてあり得るのです」

付き合いのない民族、部族が近くに姿を曝しただけで危機意識が煽られる。中にはそれをきっかけに日本に悪感情を抱く者も出てくるだろう。それがどれだけ過激な反応を引き起こすかは、江戸時代末期の歴史書、特に黒船来寇とその後に続く数十年の記録を読み返せば想像できるはずだ。

異なる種族同士が親しく付き合う、国と国とが友好関係を築くには、長い時間をかけて信用を深めるプロセスがどうしても必要だ。相手に合わせる配慮も必要だ。

明治新政府が猿まねだと揶揄《やゆ》されてまで鹿鳴館《ろくめいかん》時代を繰り広げたのは、白人種が劣等と見なすアジア人の中にあって、少なくとも日本人だけは価値観やルールを『概《おおむ》ね』共有でき、対等に付き合っていけると示すためでもあった。

「我々日本人は特地に――いいえ、それが銀座側世界のことでも――他国に踏み入る時は、常に先人の経験を思い返すべきなのです。そうすれば余計な争いを生まずに済ませられます。ここを上手く乗り越えれば、かつてイラクで我々自衛隊を歓迎するデモが起こったように、好意的に迎え入れてもらえる可能性だってあります」

特地には様々な種族、国家、部族がある。それらと日本がどのように付き合うかは政府が決めることだ。しかしそのためには情報が必要で、だからこそ徳島や江田島が活動をしている。

だが、情報収集活動の時点で悪感情を持たれたら意味がなくなってしまう。故に海上自衛隊は存在の気付かれにくい潜水艦を用いている。その決断に影響をもたらしたのは何も『門《ゲート》』と艦のサイズの問題だけではないのだ。

「これってまずくない？　余計な恨みとか恐怖感とか、抱かれたくないんだけど」

逃げていくガラーを見て、徳島はプレストークスイッチを押すことなくケミィに囁く。肩が触れあうほどの距離ならマイクを使わずとも水中の声は届く。

すると左後ろのユーリィが言った。

「ガラーなんて気にしても意味ないで」

「そうなの?」

「あいつら野獣やもの。道具とか使う知恵はあるけど、意思の疎通は無理やで」

「じゃあ、前もって通るよ、と予告するのも意味がない？」

今後は潜水艦がこの海底を通過することも増える。事前に話を通しておくような配慮も必要だと徳島は考えていた。

「無意味やね」

それを聞いていたケミィは苦笑して頭を振った。

「ま、そのあたりを気にするところ、いかにもトクシマさんらしいんやけどなあ」

どうやら彼女達の目には、徳島のしていることが野生の猿を相手に友好の合図を送っているように見えているらしかった。


繰り返すが、特地の海には様々な種族が暮らしている。

魚がいて、クラゲがいて、珊瑚がいて、ヒトデもイソギンチャクもいる。

ガラーやディクルもいれば、サメや鎧鯨のごとき危険で獰猛な生き物もいる。

それらは全て、海という場所で営まれる弱肉強食の掟の中で生きていた。

人間だってその輪の中の一員であることから逃れられない。ケミィ達アクアスのような知性を持つ者も、輪の中にきっちり組み込まれているのだ。

もちろん陸者《おかもの》のヒト種もそうだ。ただ、陸者は船に乗ることが多いために、襲われる可能性が低いというだけなのである。一度身一つで海に入れば、自らの力量だけで危険な生き物と向かい合うことになる。生き残るには必死の努力をしなければならない。下手をすると死に繋がる。運が悪いだけでも死に至る。それこそが自然本来の姿なのだ。

「ん、なんや？」

三十分ごとに交代を繰り返していた徳島が二巡目の当直《ワッチ》を終わろうという頃、何の予兆もなくそれは襲いかかってきた。

「ひぃ！」

徳島の後ろで左舷側を見張っていたユーリィが叫び声を上げた。

「きゃ――――――――――――――――――――！」

続いてケミィの絹を裂くような悲鳴が上がる。

『後進原速！』

この声で異常が起きたことを察した発令所は、直ちに艦を止めにかかった。

『徳島君、どうしました⁉　何が起きたんですか⁉』

水中スピーカーから報告を求める江田島の声がする。

だが徳島はすぐに応答できなかった。振り返った徳島の目に入ったのは、巨大な何かが人魚の上半身を鷲掴みにしている光景だったからだ。

それは人間の背丈を超える何かだった。

「巨大なクラゲ？」

形がはっきりしていない。クラゲやイカと違って足や胴の区別が明確ではない。

あえて例えるなら、水中に薄桃色のインクでも投げ込んだような、モクモクと舞い上がる不定形の煙の塊とでも言うべき何か。アメーバーのごとく簡単に形も色も変わる。

そして必要に応じてどこからでも触手が伸びてくる。

その異形が『きたしお』の艦橋に覆い被さっているのだ。

「ユ、ユーリィ！」

ケミィが必死になって仲間を救い出そうとしている。

左手でユーリィの手を引き、右手でその肉塊を押しのけようとしている。だがぶよぶよとした何かは、ケミィが押しても押しただけヘコむだけだ。そのため力が入りにくく友人を引き剥がすことが出来ない。

「ケミィ、助けて！」

「くっ、ユーリィ！」

ケミィは泣き叫ぶ勢いで、仲間の胴にしがみついて引っ張った。

「ユーリィを放せ！　放して！　お願い放して！」

だがケミィの叫びも虚《むな》しく、ユーリィの身体は確実に肉塊に包み込まれていく。それどころか肉塊はケミィにまで太い触手を伸ばし、胴や胸、頭や腕を搦め捕ろうとしていた。

「くそっ！」

徳島は二人を救おうと手を伸ばす。素手で巨大な触手の生物に挑んだ。

ケミィの身体に絡みつく肉の縁から手を差し入れ、渾身の力で引っぱる。

だが肉塊の柔らかな体表はぬるぬると滑って力が入りにくい。しかも触手の表面にはイソギンチャクのような突起があり、そこには細かい吸盤がびっしり並んでいた。それがケミィやユーリィの肌にしっかりと張り付いているのだ。

「くそっ、何なんだこれは⁉」

徳島は叫ぶ。するとケミィが言った。

「こいつが、こいつがパラニダや！」

「こ、これがパラニダだって⁉」

パラニダという生き物の情報は事前に得ている。確か水棲亜人種を好んで狙い、餌にしたり子の胎繭《はらまゆ》にする種族だ。

胎繭とは、卵を産み付けられた寄生宿主のことを言う。産み付けられた子供は胎繭中で成長する。その過程で胎繭は死ぬことはなく、苦痛も感じない。だが、自分の肉体に得体の知れない何かが産み付けられたことは分かる。そしてそれが次第に大きくなっていく不安と恐怖を毎日毎日味わい続けるのだ。最終的には成長したそれに腹部を食い破られる。当然胎繭は死んでしまうから心身ともに全く救いがない。

だからたとえ生きて戻れたとしても、パラニダに攫《さら》われた者が持ち帰るものは破滅である。つまりパラニダは恐怖と悲劇しかもたらさない悪夢なのだ。

そのため外見の恐ろしさも相まって、一部の種族を除いた大抵の水棲亜人はパラニダの姿を見ると魂が竦んで動けなくなってしまう。

「話には聞いてたけど……これがそうだなんて」

徳島はその話を聞いた時、有名なＳＦ映画に登場する硬い殻に覆われた身の毛もよだつ姿を想像していた。かつて別の異世界で陸自の伊丹耀司《いたみようじ》も見たと言っていたからそうだと決めつけていたのだが、実態は触手を持つ不定型な肉の塊だ。聞くと見るとでは大違いである。

「ケ、ケミィ……ご……めん、もう……ダ……みたい」

ユーリィは必死にもがき続けていた。

だが抵抗すればするほどこのパラニダはそれ以上の力でユーリィをギリギリと締め付ける。

今や彼女の身体はほとんどが肉の塊に包まれてしまっていた。そして彼女の必死の抵抗ももう限界のようであった。あるいは、この手の生き物にありがちなトゲの類で毒物か何かを注入されてしまったのかもしれない。

「あかん、諦めたらあかん！　諦めたらあかんのや！」

アクアス族が住まうピド村は、訳あって全員が一つの家族、肉親と言ってもいい関係にある。それだけに、仲間を失うことには我が子を失うのと同じ恐怖を覚えるのだ。

「ユーリィ！」

「ケ……ィ」

ケミィが絞るように悲鳴を上げた。

パラニダはユーリィの抵抗が止んだのをいいことに、徳島とケミィの二人をいなしつつ艦橋の後部へ後ずさっていく。いよいよユーリィを巣へ連れ去ろうとしているのだ。

このまま行かせてしまったら、彼女がどうなってしまうか想像に難《かた》くない。

「トクシマさん、ユーリィを助けて！」

「くっそお！」

その時、徳島はパラニダがニタリと嗤った気がした。この奇っ怪な化け物は徳島を取るに足らない敵と見たのか勝ち誇ったのだ。

徳島は逃すまいとパラニダの触手にしがみついた。

パラニダも激しく抵抗し、触手を繰り出してくる。そのため徳島のマスクが剥ぎ取られてしまった。

（こうなったら！）

しかし徳島は臆することなくさらに突き進む。

そして歯を食いしばると、骨裁ち鉈《クリーバー》を引き抜き、パラニダに刃を振り下ろした。

さすが魔法加工を受けているだけあって、鉈はいとも簡単にパラニダを切り裂く。だが、傷口はたちまち塞がった。この生き物はやたらめったら切りつけても意味がないようだ。

「ちっ」

徳島はユーリィを縛り付ける触手を標的と定めた。

たとえ傷口が再生されるとしても、彼女を戒めている触手を切断することなら出来るはずだ。

だが薄いベルトのような触手は、ユーリィの肌にぴったり張り付いている。激しく暴れ回る中で細かい作業など上手くいくはずもなく、隙間に刃を滑り込ませようとして彼女の肌まで切ってしまった。

「いっ……た」

パラニダの青い血に、真っ赤な色が混ざった。

ユーリィの苦悶の表情に徳島の背筋がたちまち冷える。脳裏にオデットの痛々しい姿が蘇り、徳島を詰《なじ》るプリメーラの声が再生された。

『わたくしは貴方のことを絶対に許しません』

思わず手が止まった。

だがそれをケミィの叫びが上書きした。

「怯んだらあかん、命あっての物種なんや。いてまえトクシマさん！」

その声に勇気付けられた徳島は、意を決してユーリィの肌ごとパラニダの触手を切り裂いた。

一本、二本と触手を切っていく内に、激しく暴れ回るパラニダには二つの眼球があることに気付いた。先ほど嗤ったように見えたのは、この二つの眼だったのだ。

「これは……」

それを見た瞬間、徳島の身体が勝手に動き始めた。

薄暗い中なのにパラニダの姿が鮮明に見える。そしてその動きもやたらとゆっくりだ。

徳島はパラニダのぬめぬめとした体表、粘膜、絨毛《じゅうもう》のような細かい吸盤……その全てを冷静に観察した。そして二つ並ぶ眼球を見つけると、その中間やや上に深々と切っ先を突き立てたのである。

するとパラニダは大きく暴れた。他の部位ならどれほど斬られても見せなかった激しい反撃を、ここで初めてしてきたのだ。

パラニダにはもう、徳島を見下す余裕はない。その動きには必死さがあった。

凄まじい力でケミィは突き飛ばされてしまう。

次いで徳島にも。しかし徳島はそのまま鉈の柄を握ると、渾身の力でさらに押し込む。奥へ、さらに奥へ、もっと奥へ。歯を食いしばりながら鉈の切っ先を押し込んでいった。

パラニダは必死に抵抗した。

徳島の首に、胸に、胴に触手を二重にも三重にも巻き付けて全力で締め付けにかかる。徳島の肺に貯まっていた空気が、たちまち口からこぼれていった。

酸素の欠乏が徳島の視野を暗転させていく。暗黒に包まれて、音が断たれる。

「いけぇ！」

それでも、徳島は鉈をさらに一段、押し込んだ。

人間はいざとなると訓練で積み重ねたことしか出来ない。

これは訓練だから本番の時はこうする……などと取り決めてあったとしても、いざ実戦となればその瞬間に出来ることは、訓練以上でも以下でもなく全くの訓練通りなのだ。

では徳島の場合どうだったか。

徳島がその位置に鉈を突き立てたのは、パラニダの眼球を見た瞬間、とある生き物のことを思い浮かべたからだった。パラニダは見た目不定形で胴や足が明確に分かれていない。しかしその眼球だけには見覚えがあった。

その生物とはタコだ。

そして徳島は料理人である。タコを一撃、一瞬にして仕留める方法はちゃんと心得ている。

眼球と眼球の間のやや上側、眉間に位置するあたりに針を突き刺すとタコはたちまち動かなくなるのだ。そして実際に徳島は何度となく繰り返してきた。何十、何百と、身体に染み込むまで。だから咄嗟に考えるまでもなく身体が勝手に動いたのだ。

そして結論から言えば、その方法はこの怪異にも有効であった。

骨裁ち鉈《クリーバー》の切っ先に中枢神経を抉《えぐ》られたパラニダは、突如として動きを停止した。ユーリィを包み込んだままただの肉塊と化し、『きたしお』艦橋から後部甲板にだらりと転がり落ちたのである。

ケミィは必死になって肉塊の中からユーリィの頭部を引きずり出す。

そして彼女の頭部をなんとか外部に引っ張り出すと、しがみついて大泣きを始めた。友人の無事に安堵し、感情を留めていることが出来なくなったのだ。

「ユーリィ、ユーリィ……うわあああああああああん！」

「ケ……ミィ……苦しい。放して」

艦内から出てきた潜水員達がやってくるまで、彼女はずうっと泣き続けた。

一方、徳島は海中を漂いながら、マスクを装着し直して大きく息を吸い、胸を空気で満たしていた。

一呼吸するごとに、肺が新鮮な空気に満たされる。

手足に新鮮な酸素が行き渡っていくのを、危険を乗り越えた達成感と敵を倒した充実感とともに感じていた。

珊瑚の天蓋の隙間から差し込んでくる光のカーテンの中で、徳島が横たわる。

「空気って美味《うま》いんだ」

徳島はこんなものにすら味があることを、今日初めて知ったのだった。

＊　　＊

パラニダを倒して見張りを交代した徳島は、『きたしお』艦内に戻ると装備を取り外し、科員食堂のテーブルに突っ伏した。

「疲れた、危うく死ぬところだった」

そんな徳島に、『きたしお』の乗組員達は次々と声を掛けた。

「お疲れ！」

「ご苦労さん！」

艦内には外の音がスピーカーを通じて流されていたため、徳島が必死に戦ったことは皆が知っていた。

中には肩を叩いてくれる者もいて、徳島はその都度手を上げて応えた。

そしてケミィもまた徳島に言った。

「ありがとな、おかげでユーリィが助かったんや。ホンマありがとな」

繰り返されるこの言葉にどれほど癒やされることか。この言葉で、徳島は自分が間違っていなかったという自信を得ることが出来るのだ。

もちろんユーリィの身体まで傷つけてしまったことへの罪悪感はある。彼女の傷の責任は自分にある。だがケミィもユーリィも気にするなと言ってくれた。

「大丈夫、大丈夫……掠《かす》り傷やさかい」

もちろん掠り傷どころではない。実際ユーリィの背中に出来た傷はそれなりに深く、湊医官が「これは痕が残るぞ」と顔を顰《しか》めたほどだ。

「痕が残るんですか？」

するとケミィが囁いた。

「トクシマさ～ん、どえらいことしてくれたなホンマ。乙女の柔肌を傷つけたんや、責任だけは取らなあかんよ」

「せ、責任ってどうすれば？」

「もちろん、ユーリィをトクシマさんが嫁にするんや」

「けど、ユーリィって確かもう結婚してなかったっけ？」

「だからって、結婚したらあかん訳やないやろ」

「そ、それは……」

徳島はピド村の特殊な家族形態を思い出した。

彼女達は多夫多妻で一つの大家族を形成している。つまり多重婚もオーケー。新しい家族いつでもウェルカムという状況なのだ。

だがそれは日本では到底理解されない。っていうか、徳島個人にも全く、完璧に、絶対的に理解できない。だから家族に加われと言われても大いに困ってしまうのだ。

「さあさあ、どうするん？」

ケミィは有無を言わせないとばかりに徳島に迫った。ユーリィを傷つけた責任を取って嫁にしろ。我々の家族に加われと言う。

だがその時、ユーリィが止めに入った。

「ケミィ、やめてよ！　こうして助かっただけで、十分ありがたいんやし」

「ユーリィもヌルい奴っちゃなあ。あともう一押しでトクシマさんに、ウン、言わせることが出来るんやで。毎日美味しいご飯が食べ放題なんやで」

「う……美味しいご飯は確かに魅力的やけど……」

ユーリィは口元を拭って続けた。

「けど、そんな罪悪感に付け入って家族に加わってもろたところで、ちぃとも嬉しくないやん。あ、ウチは別にトクシマさんが嫌や言うてるんやないんよ。もし本当に婿《むこ》にきてくれるんなら大歓迎や。それはともかく、この傷のことなら気にせんといて欲しいいんや。パラニダと行き合うて、なんとか逃げ帰れたっていうのは、ホント滅多にないことなんやから……」

「ったく、ユーリィは甘いなあ。けどトクシマさん、ホンマに気に病むことだけはせんといてな。あんたが頑張ってくれたから、こんな冗談も言えるんやから」

二人とも明るくそう言ってくれた。

おかげで徳島の心はどれだけ楽になったことか。人間、精神力は鍛えられるが魂は鍛えられない。特に戦場へ赴くような者達は、敵を倒して傷ついて、味方を助けられずに傷ついて、過ちを犯して傷ついて、その繰り返しの中で魂をどんどん磨り減らしていく。戦場で心を病んでしまう兵士が多いのは、魂だけはどうやっても鍛えようがないからなのだ。

そんな魂を癒やすのは支えだ。自分の戦いに意味があった。意義があった。間違っていない。感謝されている。応援されているという実感だ。それがあるからみんな戦える。なのに「戦ったのは間違いだ」「お前達は罪を犯した」と平時の論理で罵る人間がいたら、誰が命を賭してくれるだろう？　そんな風に罵るような人間は、自分の代わりに戦ってくれる者を持つ権利はないし、他人に守ってもらう価値もない。ましてや誰かによって維持されている平和や安全を享受する資格もないのである。

「徳島君、ご苦労でした」

続いて江田島がやってきた。

徳島の直属の上司は、徳島の顔を覗き込むと顔を顰めた。

「大丈夫なんですか？　それ」

「あ、これですか？」

徳島は自分の顔に触れて笑った。

徳島の顔には赤い水玉模様の列が出来ていた。パラニダの吸盤が吸い付いた場所に鬱《うっ》血瘢《けつはん》が出来てしまったのだ。

もちろん徳島だけではない、ケミィやユーリィに至っては、ほぼ全身、おでこやら頬やら首筋、肩周り、胸や腰といった部位まで、赤い水玉模様をローラーペイントしたかのようになっている。

「大丈夫です」

だがそれは見た目ほど痛々しいものではない。というのも、針を刺されたり毒物で炎症を起こしたという種類のものではないからである。実際、人工的な方法で、カップ内に陰圧を作り、それを肌に貼り付ける美容法や健康法もあるほどだ。

とはいえ真っ赤な痣のようなそれが見る者に与えるインパクトは大きくて、人使いの荒い江田島ですら徳島にこう言ったほどだ。

「もう潜水服を脱いで休みなさい。無理をしてはいけませんよ」

「でも、交代をしないと」

潜水員資格を持つ乗組員は限られている。徳島は、少なくともあと一回は艦橋に立たないといけないシフトになっていた。

だが江田島は言った。

「大丈夫です。君を外してやり繰りしてくれるそうです」

「いいんですか？」

「皆の心遣いです。ここはありがたく受け取っておきなさい」

江田島はそう言って上機嫌に笑う。

そして手を振りながら、科員食堂を後にしたのであった。

04

潜水艦『きたしお』は、後にグラス半島東岸沖『南珊瑚棚洞《たなぼら》』『北珊瑚棚洞《たなぼら》』と名付けられることになる二つの海底洞穴を抜けた。

棚洞の文字が採用されたのは、珊瑚の下の空間が洞穴と呼ぶには差し支えるほど広かったからである。そのため珊瑚で出来た棚の下の空間という意味合いで棚洞と呼ぶことにしたのだ。

棚洞の突破は唐突であった。

珊瑚の天蓋が途切れ、海面から差し込んでくる陽光が突然『きたしお』を照らした。

その光景を艦橋で目にした潜水員は、ＳＦ映画によくある宇宙での日の出を見るかのようであったと語る。

その後『きたしお』は海面下を進みつつ、潜水員や乗組員達の血中に溶け込んだ窒素を排出する減圧を、十分な時間をかけて行った。浮上の準備である。

「浮上、用意よし」

副長の八戸は潜望鏡を覗き込むと、周囲に漁船や船舶の姿がないことを確認していった。

グラス半島の北側海域は海産物が豊富なこともあって漁船が多い。もちろん海賊もだ。そのため浮上する海域は念入りに調べる必要があった。

「近距離、目標なし」

「対空目標なし」

潜望鏡を覗き込んだまま、素早く三六〇度の確認を終えた。

「第二潜望鏡、下ろせ」

『まもなく浮上する』

八戸はその命令が発令所の潜航管制員に行き渡ったことを確認すると命じた。

「浮き上がれ」

哨戒長が復唱する。すると大量の空気が噴出する音が艦内に響き渡った。

メインタンク内の海水が圧搾空気の力で押し出されているのだ。艦体が軽くなり、その分海面へ浮き上がっていった。

「高圧、止め」

潜航管制員が弁を閉鎖した。

深度計の表示を睨み付けていた潜航指揮官が哨戒長に報告する。再び八戸は潜望鏡を覗き込んで、数字だけでなく艦体が海面にきちんと浮かんでいるかをその目で確認する。

そして完全に浮き上がっていることを確認してから告げた。

「艦橋ハッチ開け」

すると発令所前方のハッチで待機していた航海科員が昇降筒を駆け昇っていった。

艦内に居る者は、外界に通じるハッチが開かれたことを、艦内に流れ込んでくる新鮮な外気の味で知ったのである。

＊　＊

「プリム聞いてよ。この船は凄い。本当に凄いんだよ」

『きたしお』の甲板に立って海風を全身に受けていたシュラは、プリメーラを振り返った。

褐色の手足をくんっと伸ばす彼女に、海上自衛隊海士の白い制服は実に似合っていた。惜しむべき点があるとすれば、彼女の隆起豊かな胸部がオレンジ色の救命胴衣によって隠されていることだろうか。しかしながら潜水艦の甲板は、手すりもなく海に滑り落ちやすい。そのためこれを装着しないと甲板に出ることが許可されなかったのだ。

光に当たらず外気にも触れず、そんな時間が長く続いたこともあり、副長の八戸は『きたしお』を浮上させると手空き《てすき》の乗組員達に甲板に出る許可を出した。それに便乗してプリメーラも甲板に上がってきたのだ。

もちろんシュラだけでなく、アマレットも、オー・ド・ヴィも、そしてチャンまでついてきて手足を大きく伸ばしていた。みんな狭い空間に押し込められて気詰まりに感じていたのだ。

どうせならばオデットも甲板に連れてきてあげたかった。

だが彼女は今、二度目の手術を受けている真っ最中だった。詳しいことはよく分からないが、医師によると筋肉の腫れが退いたので断端を皮弁で覆う処置を行うのだとか。なので彼女の身柄を医師に託すしかなかったのである。

プリメーラは、甲板が傾いているところには近付かないよう艦橋の真ん前に立った。ここなら作業をしている乗組員達の邪魔にならずに済みそうだ。

前部や後部の甲板では、張り巡らされていた命綱を乗組員達が片付けている。

プリメーラはその中に混じっている徳島を恨めしげな表情で睨み付けていた。

徳島がアクアスの人魚達をパラニダから守って戦ったのはプリメーラも聞いていた。

そして見事パラニダを倒したことも。

パラニダについてはプリメーラもよく知っている。

斬っても突《つっ》いても倒せない怪異なので、恐れ知らずの海賊達ですらその名を聞くと尻込みする。それほどまでに恐れられている生き物だ。

しかし徳島はそれを倒して見せた。

シュラはそのことを手放しで偉業だと褒め称えた。だがプリメーラは、こう思わずにいられない。もしその能力が鎧鯨相手にも発揮されていたら、オデットはあんなことにならずに済んだのではないかと。そうしたら自分もこんな重苦しい思いを抱え込まずに済んだのだ。

もちろんその発想が理不尽だということは分かっている。

シュラに話したら、それは情けない八つ当たりで逆恨みだと窘《たしな》められてしまった。そして絶対に徳島に向けてそのことを口にしてはいけないと警告された。徳島は我慢すると言ってくれたが、それに甘えることは許されないのだと。

けれど、どうしてもプリメーラは詰りたくなってしまう。徳島のせいだと思わなければやりきれないのだ。だから徳島を睨み付ける。シュラに絶交されたくないから口にはしないが、せめてこの逆恨みのどす黒い感情を視線に乗せてぶつけてやるのだ。

そんな気持ちだから、シュラのことがちょっぴり鬱陶《うっとう》しいと思ってしまう。まるで徳島を庇っているように感じられるのだ。そのためプリメーラの受け答えは少しばかり面倒くさそうなものになった。

「この船が凄いということはもう分かってます」

これまで想像の産物でしかなかった、海を潜ったまま進む船が実現している。しかもそれが鎧鯨の群れを撃破したのだ。あまりにも凄すぎて「はいはいそうですか。凄いですね、よかったですね～」としか言いようがなかった。

「君は、この船の凄さの本当のところが分かってないよ」

だが、シュラはその認識は大雑把で甘過ぎると窘めた。そして意識をきちんと自分との会話に向けるよう求めた。

「あれを見てごらん……」

シュラの指差した方角に、プリメーラは視線を向ける。視線の先では航海科の乗組員が六分儀で天測をしていた。

「彼らがあそこで何をしているか分かるかい？」

あまりにも初歩的な問いのためプリメーラはムッとした。

「いくら箱入りに育てられたとはいえ、わたくしとて海運国の娘です。あれは、陽の高さを測っているところです。この船がどこにいるか調べようとしているのでしょう？」

「そうさ。でもね、この船はずうっと海に潜っていた。その間はどうしていたと思う？アヴィオンからブルーホールに達するまで、この船は一度でも浮かんだかい？」

言われた瞬間、プリメーラはその言葉の意味が理解できなかった。彼女の理解はシュラがじっと待っている間にじんわりゆっくりとやってきた。

「い、言われてみれば……」

船が現在地を知るには、まず方角を知る必要がある。北でも南でも、とにかく基準となる方角さえ分かるなら、視界内に目印となるものを見つけて方位角と距離を測ればいい。

問題はどうやって方位を知るかだ。幸いティナエを含めた旧アヴィオン王国内には四《し》海神《かいしん》の恩寵とも言える羅針儀《らしんぎ》がある。そのおかげで航海術の発達が他よりも早かった。だがそれだけでは陸も見えない沖合の航行を安全に行うことは出来ない。だからアヴィオンの船乗り達は、「この季節に、この付近から西からの風に乗って沖に進めば、隣の島にたどり着ける。あとは神の加護を祈るだけ」といった、勇気と経験則と信仰心に頼った冒険的な航海に挑むしかなかったのだ。

そしてそれは多くの悲劇を生んだ。

たまたま上手くいっただけの経験をいくら積み重ねても、天候や海流の変化には対応できない。多くの船が些細な手違いや神の気まぐれで自分の位置を見失い迷子となった。あてどなく大海原を彷徨《さまよ》い、ある者は見たことも聞いたこともない土地に漂着し、またある者は飢えと渇きに倒れ、冥王《めいおう》ハーディの御許へ旅立った。

だがある時、四海神信仰の総本山アヴィオン神殿の巫女ワレリィヤが天啓《てんけい》を得た。窓から差し込んだ陽の光が、パッソルの球体大地説に基づいて作られた世界球模型に当たっているの見た瞬間、彼女に霊感が走ったのだ。大地が球体であることを応用すれば、己が今どこにいるか読み取ることが出来る。

それが今日《こんにち》用いられているワレリィヤの正午天測航法なのである。

大地が球体でその周りを太陽や星々が巡っているというのなら、太陽が東の水平線から上り南天の最も高いところに達した瞬間、水平線からどのくらい離れているか、その角度を計測すれば緯度が判明する。

またその正午の瞬間、母港の正午との間にどれだけの時差があるかを計測すれば、母港から東西にどの程度離れているかを経度として知ることも可能だ。

縦軸と横軸の二つを組み合わせれば、船乗りは海図に自分の位置を記すことが出来る。そうなれば船は海で迷子にならず、目的地に向かうことが出来るようになる。

この方法は、たちまち四海神信仰とともにアヴィオン海の船に広まっていった。これによって多くの船が遠い外国へと行き来できるようになったのだ。

しかし実を言えば、ワレリィヤのもたらした航海術は、それまでの運試しのような航海よりはちょっとばかりマシ、という程度でしかなかった。現実は理屈通りにはいかないのだ。

航海士が十字儀《クロススタッフ》を構えて太陽をじっと睨み付ける。そして南天の最も高いところに達した瞬間、「今！」と告げてそれを正午とする。

砂時計係が積もった時砂の高さを読み上げて記録。同時に太陽の高度を計測して記録。この二つを合わせたものが自船の位置になる。

だが計測する人間の技量や砂時計、十字儀《クロススタッフ》といった機材の精度差があまりにも大きく、導き出された数値も正確とはとても言い難かったのだ。それが、船が目的地に到着できなかったり、知らず危険な海域に踏み入って難破してしまう原因になっていた。

シュラが右目に眼帯をしているのも、そうした誤差をなくす努力の結果だ。十字儀《クロススタッフ》の練習で太陽を直視し過ぎて、回復不能なまでに目を傷めてしまったのである。

もちろん犠牲を払っただけの甲斐はあった。彼女は今では並ぶ者がいないほどの天測技術を持っている。だがその彼女をしても、天候が悪くて太陽や星が見えなければ天測できないし、たとえ出来たとしても砂時計や十字儀《クロススタッフ》が元から持っている精度の低さに、臍《ほぞ》を噛む思いをするしかなかったのだ。

ところがこのニホンの船は違う。

長い距離を海に潜ったまま――つまり天測することなく――目的地に到着できた。そんな技術と機材がこの船にはある。その秘密の一端でも知ることが出来たら航海の安全性は飛躍的に向上するに違いない。

海で生まれ、船で生きると心に決めているシュラは、当然その秘密を知りたいと思う。心の奥底から秘密を暴くのだという衝動に駆られていた。

プリメーラは『きたしお』というこの船がいかに凄いかを力説するシュラの言葉に耳を貸しているうちに、それまで忘れかけていたことを思い出していた。

そもそも彼女がシーラーフ侯爵家に嫁ぐことにしたのは何故か？　それは海賊に通商交易を封じられて苦しむ母国を救うためだった。だが不甲斐ないシーラーフ海軍は海賊の討滅に失敗し、夫の侯爵公子も戦死、新妻のプリメーラは未亡人となってしまった。

問題はシーラーフがティナエのために派遣する艦隊を追加してくれるかだ。

侯爵家の当主、その妻、家臣達の顔を思い浮かべるとそれは絶望的だ。シーラーフ侯爵家ではこれから熾烈な後継者争いが始まる。アヴィオン海の覇権など考える余裕はないだろう。

そうした状況において、プリメーラには二つの選択肢が考えられた。一つは実家に出戻りティナエを助けてくれそうな別の王侯貴族で独身の跡取りのいる家を探す道。シーラーフがダメなら別の国を頼る、ということだ。

だがそのやり方は気に入らない。次から次へと男を、家を、国を乗り換えるだなんてまるで娼婦のように思えてしまう。

だからもう一つの道を考えた。それがシーラーフ侯爵家に戻って亡夫の妻として後継争いに影響を与え、後継候補からティナエへの援軍派遣の確約を得る道であった。それが自分の気性にも合っている。プリメーラは今し方までその方法を模索していたのだ。

しかしもともとの目的であるティナエを救うということに立ち戻るなら、シーラーフ侯国よりも頼りになる力がある。それがニホンだ。

この船の力、そしてこの船を運用するニホンがいかに凄いかはシュラが請け合ってくれた。

ニホンが『せんすいかん』と称するこの船を二～三隻ほどティナエに送ってくれるなら、海賊達を一掃することも容易い。

「どうしたらニホン政府を動かすことが出来るのかしら？」

プリメーラは誰に相談したらいいかと振り返る。すると背後にはアマレットと、オー・ド・ヴィの二人が控えていた。

アマレットは忠良で知恵もよく働く。だが政治に向いた人材ではない。

一方、政府から侍従として派遣されたオー・ド・ヴィは、プリメーラに従うようになってまだ日が浅い。知恵は回るが果たして信じてよいかどうか、どうしても躊躇われるのだ。

彼はオデット号が王制復古派に乗っ取られた時、自分の側に立ってくれた。一緒に危険を乗り越えもした。しかしそれでも、アマレットに向けるほどの信頼を彼に与えていいか分からないのだ。

「アマレット……あなた、オー・ド・ヴィをどう思って？」

プリメーラはアマレットを呼び寄せると囁いた。

「あの少年ですか？」

アマレットはしばし考えると簡潔に答えた。

「忠誠心とは、疑っていては決して得られないものです。お嬢様」

とにかく信じてみるしかないとアマレットは言う。つまり一度は信じてみろと提案しているのだ。言い換えれば、少なくともアマレット自身は、信じてみる価値があると思っているのだ。

「そうですね」

プリメーラは頷く。他に頼れる存在がない今、信じてみるしかないのだ。

プリメーラが決心を固めると、アマレットが少年を呼ぶ。

「オー・ド・ヴィ。ちょっとこちらに」

「はい、姫殿下。何でしょうか？」

彼との間にあった数歩の距離をオー・ド・ヴィが近付いてきた。彼との距離が詰まれば詰まるほどプリメーラは目を伏せ小声になる。

「殿下はやめてください。何だか王制復古派を相手にしているように思えてきます」

「ではなんとお呼びしましょう？」

「お嬢様とお呼びなさい」

アマレットが言うと、プリメーラがそれに続けた。

「いえ、プリメーラと」

するとオー・ド・ヴィは笑顔で言った。

「では、プリメーラお嬢様とお呼びします」

プリメーラはそれを聞いて満足そうに頷いたのだった。

＊　＊

オー・ド・ヴィを呼びつけて何やら話し込んでいたプリメーラとアマレットが、ハッチを降りて艦内へ戻っていく。

チャンは、一人残ったオー・ド・ヴィに歩み寄ると尋ねた。

「おい、一体何の話だったんだ？　限られた人間としか直接話そうとしないあの姫さんが呼んだんだ。それだけ大事なことだったんだろ？」

オー・ド・ヴィは怪しむような目をチャンに向けた。

「プリメーラお嬢様とどんな話をしたかを、軽々しく外国人に漏らす人間に思えますか？　舐めると殺しますよ」

「こ、ころ……相変わらず物騒なこと言う奴だなあ」

「単なる口癖ですよ、慣れなさい」

「そんなものに慣れてたまるかってんだ！　ただ変な質問をしたことは俺が悪かった。あんたは忠臣だし、秘密を触れ回るような奴でもない。そういうことなんだな？」

「それが分かってるのなら、問うだけ無駄だって分かりそうなものですがね？」

「悪く思わんでくれ。たとえそういう反応が返ってくると分かっていても、質問をするのが俺の仕事なんでな」

「それが仕事？」

「あんた、俺を神官とかなんとかと言ってたが違う。ジャーナリストってのは、世の中で何が起きているかを世間に報せることが仕事だ。真実を知るためにその目で見て聞いて調べて、いろんな人間に会い、話を聞く。それを記事に書くんだ」

オー・ド・ヴィはチャンの顔をまじまじと見た。

「なるほど。だからいろいろなところに首を突っ込み、いろんな人間にも会うんですね？　そしてみんなに吹聴して回る？　覗きと吹聴……なんて嫌な仕事なんでしょう」

オー・ド・ヴィは鼻を鳴らした。汚らわしい、と。『黒い手』の一員として情報保全の任に就いていた彼にとって、それは天敵とも思える仕事でもあった。

「そう言うなって。俺達は隠されている不正や悪、陽の当たらない矛盾を明るみに出したりもしてる。こっちの世界にはまだないかもしれないが、俺達の世界じゃ欠かせない存在として認められてるんだ」

「こっちの世界にも、吟遊詩人っていう連中がいます。あちこち旅をしながら、本当だか嘘だか分からないことをまるで見てきたように吹聴して回っています。日常に退屈している連中は、真偽が定かでない話でも聞けるだけで嬉しいのか、喜んでますよ」

「俺のはそんなんじゃない。もっと真面目なものだ。でなきゃどうして窮地に陥った俺を助けるために、エダジマやらトクシマが差し向けられた？」

オー・ド・ヴィは虚を突かれたように瞼を瞬かせた。

「なるほど……言われてみればそうですね」

「だろっ？　俺達の活動は政府にも相応に重んじられてるんだ」

「では、ニホンという国についても詳しい？」

「もちろんだ。俺達の世界とこの世界とを繋ぐ唯一の国だからな。ある程度の知識はちゃんと押さえているさ」

「では、ニホンについて聞かせていただけませんかね？」

「どうしたんだいきなり？」

「私がティナエ政府のために働いていることはご存じですよね？」

「ああ」

「『黒い手』の一員として、ニホンがティナエの近海にまでこんな軍船を送り込んでくる理由に興味があります。ニホンが何を考えているのか知りたいのです。そもそも貴方のようなジャーナリストがこんな異世界まで来るのも、それと関係があるのではないですか？」

「いや、別に、それは……俺は遠い異世界の珍しい話を集めたかっただけなんだが……だがプリメーラ姫にインタビューさせてくれるなら教えてやってもいいぞ」

「いんたびゅー？」

「いろいろと質問したり、話を聞きたいんだ」

「ふむ。それは私の一存でどうこう出来る話ではありませんね。ですから、この場で即答できるのは、取り次ぐのをお約束することまでです」

「それでもいい。頼めるか？」

「ええ、いいですよ。その代わり……」

「分かってる。ニホンのことだな。いいぜ、俺の知っている限り教えてやるよ」

05

『きたしお』は北珊瑚棚洞《たなぼら》を抜けると針路を西に変えてグラス半島北側の付け根へと向かった。そこにバーサ市がある。

バーサは碧海に面したエルベ藩王国の城市だ。

海側には切り立った断崖に取り囲まれた天然の良港ラローヌを擁《よう》し、また城市南部には大陸深奥部から流れてきたロマ川の河口がある。そのため海を通じて運ばれてきた品物を、河川を通じて大陸内部へと送り込む積み替え中継点として、加えて碧海の豊富な漁業資源を水揚げする漁業の拠点として古くから栄えていた。

古い街並みは様々な種族が雑多に暮らしながらも、何もかもが規模に相応しく調和がとれている。

道の広さ、商店で扱われる品々、そして働く人々。全てが長年そこで暮らす人間の営みの範囲に収まっていて、静寂と落ち着きと、悪く言えば、沈滞が覆っている。

だが、ここ数年バーサにも変化が起こっていた。街全体が活況を呈しているのだ。

道路は品物を運ぶ荷車や獣車で寿司詰め状態になり、ラローヌの埠頭《ふとう》や、ロマ川の桟橋《さんばし》は大小の船が舷を押しつけ合うように並んでいる。

商店の品物は店舗内に収まらず道路にまで溢れ返っていた。街で生まれ育った者だけでは働き手が足りないため、外から若い男女がやってきて賑わいが増していく。おかげでお祭りが毎日続いているかのような雰囲気に満ちていた。

全てはロマ川上流にあるイタリカの隆盛、そして日本国に帰属したアルヌス州から各地へ送り出される商品の流通が活発化したからなのだ。

商人達は口々に言った。

「商売の神に乾杯！　平和に乾杯！」

だが、それだけではバーサの景気もここまでよくはならない。さらなるカンフル剤となったのが、日本政府によるロマ川河口への基地建設であった。

ロマ川は内陸のアルヌスにとって特地世界の海と通じる重要な交易路の一つだ。道路の整備が遅れている特地各国では大量輸送はもっぱら水運によって行われている。だが水運の活況はそれに伴う反作用として盗賊、水賊の跳梁《ちょうりょう》を招くことになる。

当初は河川に関を設け、往来の都度、通関料をせしめていた帝国諸侯やエルベ藩王国などが、軍を派してそれらを討伐していた。だがやがて彼らの手に余るようになった。

ロマ川は千キロ以上の長さを持つ大河であり、その沿岸はモザイク状にさまざまな邦国や諸侯が領している。盗賊達は国境や領境など全く気にせずどんどん越境するが、領主の私兵軍は境の手前で踏み止まらなくてはならない。おかげで損害ばかりが拡大していったのだ。

そのためロマ川航行協定が沿岸諸侯国間で締結されることになった。

ロマ川交易に関与する沿岸諸侯、邦国、そして日本の代表者からなるロマ川水運中央委員会が設けられ、ロマ川を公海とみなして通関料を廃止し（ただし港でとる入港料がそれに代わることになったが）、安全を脅かす盗賊や水賊の討伐を共同して行うこととなったのだ。

具体的な役割分担として、日本は航空機を用いた広域のパトロールを担当。現地の諸侯は共同軍を結成して盗賊と水賊の取り締まりを行うのである。これによって各国は効率的に人員を配備できるようになったのだ。

しかし、航空機でのパトロールをするなら活動拠点が必要である。

離着陸できる空港がアルヌスにしかないというのは、荒天その他の事情で不都合が生じた時に困る。そこでロマ川の下流に拠点を設けることが求められた。

幸いロマ川の河口には、内陸部から川水とともに運ばれてきた土砂で出来た大小の中州が複数存在している。

中州というのは河川の増水によって沈み、水が退いた時には形状や位置すら変わることもあるので居住には適さない。人口に対してまだ十分に土地が余っている現状、このような場所に棲むのは一部の水棲種族に限られた。だがその水棲種族もここにはいない。そのためロマ川河口に散在する中州は、無人無主の地として長年放置されてきたのである。

そこに日本政府が目を付けた。

エルベ藩王国国主デュランと交渉し、この中州島と岩州島の二つをジブチ方式で地位協定を結んだ上で借り受けて、基地と空港の整備を始めた。そうして建設されたのが、このバーサ基地なのである。

空は蒼《あお》く、海もその美しさを競うように碧《あお》い。

その中に見える緑の木々と赤茶の大地は、太陽の鋭い輝きに照らされて実に鮮やかであった。

海から見える陸は城壁のような断崖となっている。そしてその所々に、門のように開けた部分がある。それがラローヌ港の入り口であり、またロマ川の河口だった。

碧海に浮上した『きたしお』は、黒い艦首で海面を切り分けながら少しずつ陸に近付いていった。

ここまで来ると漁船や商船の往来が激しい。

艦橋に立って双眼鏡を覗くと、色鮮やかな帆を揚げた小舟が網を引いているし、船腹《ふなばら》に商品をいっぱい積み込んだ商船が遠国へ旅立とうとしている。

その交通量の多さは『きたしお』の発令所に強烈な緊張を強いた。

帆船は自由に針路を変えられない上、特地の船舶は銀座側のように全世界共通の海上交通ルールが存在しない。向かい合って近付く時「俺様優先、お前どけ」みたいな操船をする輩が後を絶たず、ラローヌの港内ではそこかしこで船同士の追突事故が起こっている。

しかも帆船が風上に進む時は、くの字に切り上げつつ航行する。いつ、どんなタイミングで針路を変えるか分からないので、艦橋や潜舵では多くの見張り員が周囲を厳重に見張り、哨戒長付きは絶えず潜望鏡を覗いていなければならない。のどかに見える船の旅も、実は常に誰かが裏で額に汗しているのである。

バーサに拠点を置いた海上自衛隊は、一生懸命海上交通のルールとマナーを決めようと周辺の漁船や商船の船主に訴えていた。だが今のところ「何故？　どうして？」となかなか受け入れられない。自分達のやり方で上手くいっている（とてもそうは思えないが）からと聞く耳を持たないのだ。

そのあたりの事情も、海上自衛隊が天然の良港ラローヌよりもロマ川河口を拠点にした理由だ。要するに棲み分けるしかなかったのだ。

「おーい！」

すれ違う漁船の漁師が手を振っている。

「はーい」

艦首側の甲板に座るケミィ達アクアスが手を振り返す。その様子を見ていたシュラがふと違和感を覚え江田島に尋ねた。

「ラローヌの港に入るなら、もう少し北に向かわないといけないはずだけど？」

「貴女は以前、こちらまで来たことがあるのですか？」

「ないよ。けど、経験が足りない分勉強しろって親切な副長が教えてくれたから、必死になって水路誌を読んだんだ」

親切な副長とはもちろん江田島のことだ。

「そうでしたか。では、貴女の読んだ水路誌に書かれていないことを説明しましょう。まず御存じの通りラローヌ港はここから少し北にあります。しかし我々が向かっているのは、バーサ市の南に位置するロマ川河口です」

シュラは頭の中で地図を開いて位置関係を思い浮かべた。

「ロマ川の河口は浅いから、海船は近付かないほうが無難なはずだけど？」

「だから彼らが居ます」

江田島が指差した方角には台船があり、海棲亜人達が浚渫《しゅんせつ》作業をしていた。

こちらに気付いたらしい海棲亜人が手を振ってくる。

ケミィ達もまた手を振ってそれに応えていた。バーサ港では、様々な海棲種族がケミィ達の紹介で港湾労働者として働いているのだ。

彼らが浚渫《しゅんせつ》したおかげで十分な水深が保証されたブイの間を、『きたしお』はゆっくり進んでいく。

「ニホンは現地人を雇用して工事をさせているのか？」

チャンもまた、いつの間にか甲板に上がってきて陸の様子を観察していた。

「そうですよ。チャンさんはもしかしてローヌもバーサも初めてですか？」

「そりゃそうだ。こんなところで船を探したら、どこに行くんだって詮索されて止められちまうに決まってるからな」

「ではどうやってアヴィオン海まで出向かれたんですか？」

「まず帝国領に入りそこで遠くまで行く船を探したんだが……。そんなことより、奴らは手作業でしているのか？」

見ると海に浮かぶ台船のクレーンでは、屈強な六肢族達が集まってロープを引いていた。

「『先住民文化保護国際条約』によって、この世界の建築物は彼らが今持っている技術だけで施工しなければならないと定められています。だからといって、彼らの作るものが我々のものに劣るとは限らないのが、面白いところなのですけどね」

条約には細かい規定や例外事項もあるが、考え方としては特地の人々に引き渡していいのは消費財や完成品だけとされた。部品や工作機械、技術を与えることは、彼らの生活様式や価値観、文化を破壊する恐れがあるとして禁じられたのだ。

しかし条約の本来の目的は、日本企業が特地に工場を作り、安い人件費と豊富な資源で生産した安価な商品を世界中に売りまくることを禁止することである。先住民文化を保護するという理念は高尚な考えではあるが、実際には後付けの建前でしかない。締結を急いだ各国は、様々な問題に対処できるほど条文を練っている時間がなく、条約は非常に歪で矛盾の多いものになってしまったのである。

とはいえ、悪法もまた法だ。それが締結された条約ならば、従わなくてはならない。そのためバーサ基地の建設は特地の伝統的な作業で進められていた。

特地の職人達は、海上自衛隊から渡された設計図と施工手順に従って地面を均《なら》し、小石を敷き詰め、ローマン・コンクリートを流し込むという作業を行っているのである。

＊　＊

『入港準備。左横付け用意。中部ハッチ開け、前、中、後部員あがれ』

艦内に放送が流れると、配置を定められた乗組員達が一斉に動き出した。

甲板には舫《もや》い作業に従事する乗組員達がずらりと並ぶ。

やがて、港務隊の曳船《えいせん》がやってきて、『きたしお』は桟橋に寄り添うように誘《いざな》われる。そして太い舫《もや》い綱《づな》によって、桟橋との間にフェンダーを挟んでしっかりと繋がれていった。

舷梯《げんてい》が渡されると、まず降ろされたのはオデットだった。

甲板で待機していたプリメーラ達の前を通り、担架に載せられたまま桟橋で待っていた救急車に乗せられる。

救急車は扉を閉めると行ってしまった。基地の医務室で軽い検査を受けるためだ。

「あ……」

結局、徳島は謝罪も別れの挨拶をする暇もなかった。

手術を終えたあと彼女は士官食堂に面した士官寝室を居室として割りあてられていた。そこが男子禁制の女子部屋となっていたのだ。

徳島に厳しい態度をとるプリメーラかアマレットが常に控え、声を掛けるどころか顔を見ることも出来なかった。船から下りる時ならばまだチャンスはあるかと期待していたのだが、結局それもないままだったのだ。

この後、徳島は江田島に従って東京に帰ることになるだろう。アヴィオン周辺で調査活動に従事する任務でもない限り、オデットやプリメーラ達と関わることはないのだ。

徳島は深く深く嘆息した。

「オデットは、どこに連れていかれたんだい？」

オデットを乗せた救急車が断りもなく行ってしまったのを見て、シュラが慌てた様子で江田島に尋ねてきた。

「まず基地の医務室です。それからアルヌスの病院まで移送する手はずです」

「そこへは、ボク達も一緒に行けるんだろうね」

「それについては……担当者に聞いていただけませんか？」

「担当者？」

シュラと徳島が江田島の視線を追うと、桟橋の救急車の後ろに黒塗りの乗用車が見えた。

「藤堂《とうどう》さん……」

中からスーツ姿の男達が姿を現す。ティナエで別れた藤堂鉄男《てつお》ら外務省のメンバー達が迎えに来ていたのだ。

「お世話になりました、艦長」

一分の隙もなく制服をまとった江田島と徳島が敬礼する。

すると黒川も、姿勢を正して答礼した。

本当ならば、黒川もオデットと一緒に速やかに医務室に連れていかれるべきところなのだが、艦長としてプリメーラ達の退艦までは責任を果たすのだと言って譲らなかったのだ。

黒川はまずシュラやプリメーラ達と儀礼的な挨拶を交わす。彼女達の衣服も綺麗に乾いており、プリメーラは淑女然とした装いで艦長に礼を告げた。

その後、黒川は徳島達を振り返った。

「徳島二曹、今度は我が艦の給養員として是非来てくれ」

「はい、とお返事できないのが残念でなりません」

徳島は苦笑した。

「そうか。だがまた会うことだけは約束してくれ。いいな」

「それは間違いなく。お約束します。是非、俺の料理を食べに来てください」

「ああ、絶対だ。江田島は、まあ何かのついでの時にでもまた……」

「私はついでですか？」

「お前なんてそれで十分だ」

その後、徳島が先導してチャン、オー・ド・ヴィ、アマレット、シュラ、プリメーラ、そして江田島の順に、退艦するため舷梯を渡った。するとそこで号笛《ごうてき》が鳴らされる。

それは江田島に対するものであった。

本来は指揮系統上の指揮官でなければ鳴らさない。しかしこの号笛は、一時的な臨時措置とはいえ、艦を指揮して戦った江田島のために鳴らされたのである。

「またなあ！」

ケミィらも艦首付近に腰を掛け手を振ってくれる。

徳島も気軽に「またね」と返した。仕事の性質上、特地には頻繁にやってくるから彼女達との再会は約束されているようなものだった。

徳島達は手を振り、何度も振り返りながら桟橋に降りた。

すると今度は懐かしい顔に迎えられた。藤堂だ。

「江田島さん、無事戻ってきてくれてよかったです。徳島さんも」

三人は再会を祝すように握手し合った。

ふと見ると、藤堂の傍らには白人系の男達がいる。見るからにエージェント風の黒服を着た巨漢で、揃ってサングラスをしていた。そしてチャンを見るなり、左右から挟むように歩み寄ったのである。

「おいおいおいおい、こいつら何者なんだ？」

その威圧感にチャンが戸惑い、悲鳴に似た声を上げた。

するといかにも頭脳労働専門といった感じの小柄な白人が歩み寄ってきて告げる。

「私はレイ・カスタネダ。国際弁護士だ。合衆国政府の依頼で、貴方が日本国政府の訴《そ》追《つい》を受けた時に備えている。彼らは私のスタッフだ」

「国際弁護士？　俺が訴追って、一体何の罪で？」

「いろいろとあるが、当面は不法な出入国が考えられるな」

その言葉がまるで合図だったかのように警務隊の自衛官達がチャンに歩み寄った。その威圧感にチャンはさらに慌てふためく。

「待て待て待て！　かつて北条《ほうじょう》首相は、特地を日本国内と考えるという理由で自衛隊の特地派遣を合法化した。なら俺は日本から一歩も出てないことになるんじゃないか？」

「確かに。しかしその後、日本は帝国と講和条約を結び正式に国交を持った。そこで初めて国境が確定され特地の多くは外国となった訳だ。君はその境を手続きなく越えたろう？」

「そ、それはそうだが……俺は刑務所とかに行くことになるのかよ？」

「そのために私がいる」

弁護士は説得でもするように穏やかに繰り返す。すると不思議なことに警務官も足を止めた。

要するにチャンには二つの選択肢があるということだ。

一つはこの場で逮捕され、不法な出入国の罪で裁判を受けて処罰される道。大した罰は受けないかもしれないが、少なくとも逮捕、勾留、取り調べ、裁判、結審という手続きの間、日本で拘束され続けることになる。

そしてもう一つが、黒服達とともに帰国することである。おそらく本国で諸々の事情聴取を受けることになるだろう。だが少なくとも、逮捕されるよりはマシなはずである。

「どちらを選ぶかね？」

「分かった。あんたらに従おう。従うよ」

チャンは弁護士の助言に素直に従って黒服達とともに乗用車に乗った。黒塗りの乗用車は前後を警務隊の高機動車で挟まれていた。

「ちょっと待ってくれ」

車が動き出そうという時、チャンは運転する黒服に告げた。そして窓を開けて徳島と江田島を呼ぶ。

「経緯はどうあれ、あんたらには助けられたんだ。感謝するぜ！　また会えたらいいな」

江田島は苦笑した。

「再会は是非に。しかし特地の未公開地域でお目にかかることだけはないことを願います」

「あー、その件だが、ご期待に添えるかどうか分からんぞ。ジャーナリストってのは、行くな、入るなと言われている場所ほど覗き込みたくなるように出来てるんでな。おい、トクシマ。お前のメシは美味かったぞ。退役して店でも開く時は連絡してくれ。一時的にでもお前の部下として働いたよしみで、必ず食いに行くからな。お前の店の記事も書いてやる」

チャンはそう言って軽く笑う。徳島としても「その時は来てください」と笑うしかなかった。

窓が閉じられ、チャンを乗せた黒塗りの車が二人の前から去っていく。

実にあっけないが、こうして江田島と徳島の任務は終わりを告げたのである。

アメリカのエージェント達を見送ると、藤堂は徳島達を振り返った。

「さて、連絡によると怪我人がおいでだとか？」

「はい。海難救助の扱いでお願い出来たらと思います」

「事情は伺っています。それでアルヌスに向かう連絡機に、二人分の席を確保してあります。ですから怪我人ともうお一方を乗せることが出来るはずです」

「連絡機ですか？」

「チャンさん達の移送用です」

「なるほど。ですが、大丈夫なのですか？」

江田島は徳島に、確認するような視線を向けた。実はダイビングの後は、ある程度の時間飛行機に乗ることが禁じられている。理由は潜水病の時と同じである。地上なら問題がなくとも、高度が上がると気圧が下がる。それにより血中に溶け込んだ窒素が泡粒として現れ血管中に詰まる恐れがあるのだ。

それは徳島だけにあてはまることではない。徳島ら潜水員のために『きたしお』は艦内の気圧を上げた。そのため全員がダイビングしたのと同じ状態になっているのだ。

だが艦内の気圧を徐々に落として地上と一致させたのが今から三十時間前。大丈夫なはずだと徳島は言った。

それを聞いた江田島は、振り返るとプリメーラ達に問いかけた。

「これよりアルヌスの病院にオデットさんを移送します。そこでさらなる治療を受けることになるのですが、オデットさんの分を除くと席が一人分しかありません」

するとシュラが手を上げた。

「席というと早馬車の類いだね？　オディに付き添っていけるのが、まずは一人ということか。分かった、それならボクが付き添うよ！」

しかしプリメーラもまた手を上げた。

「わたくしが……その……参ります」

だが二人をアマレットが窘める。

「シュラ様とお嬢様には無理です。どうぞ、オデット様のことはわたくしにお任せください」

「アマレットに？」

「はい。私にはお嬢様が、異国の人間と交渉しているところを思い浮かべることがどうしても出来ないのです」

「そ、それは……そうですけど」

プリメーラは恥じらうように顔を伏せた。

素面《しらふ》のプリメーラに出来ることは、文字通り付き添うことだけだ。酒精を飲めば交渉ぐらいはどうにかなるだろうが、そうなると今度は自分が誰かの世話になる必要が出てくる。

「君の負けだよ、プリム。この役目は、知る者が周りに居ない異国でオデットを守ることだ。だからこそボクが……」

「シュラ様にはお嬢様を守っていただきたいのです。それにシュラ艦長に、看介護という繊細な気遣いが必要とされることをこなせるかどうか、私は心配です」

「ボクの神経がホーサー（太いロープ）並みだと言うのかい？」

「少なくとも細くはありませんわね」

シュラは気遣いの出来る女性だが、アマレットが言うように所々大雑把でもあった。でなければ荒々しい男達の世界で船長として君臨することなんて出来ない。しかし、病人の看介護をするとなると、それでは問題を引き起こしかねない。

シュラとアマレットはしばし視線の鍔迫り合いを交わしたが、やがてシュラは降参したように両手を上げた。

「分かったよ。確かにアマレットの言う通りだ。けど本当にいいのかい？」

「ええ、お任せください」

アマレットはそう言って自分の胸元を軽く叩いたのだった。

＊　＊

ロマ川の河面《かわも》を海上自衛隊の水陸両用機ＵＳ－１が轟音を立てて水飛沫を巻き上げる。

真っ白な水煙の中にその姿を隠しながら河面を走り加速。やがて機首を上げるとふわりと浮き上がった。

「シュ、シュラ……わたくし夢でも見てるのかしら？　船が、空を飛んでいくように見えるわ」

オデットとアマレットを乗せたUS－1は大空へ舞い上がった。

「安心していいよ、プリム。ボクにも同じように見えているから」

「だとしたら、わたくし達二人揃って夢を見ているのね。それとも気でも触れてしまったのかしら？」

「いえ、プリメーラお嬢様。私にも同じように見えています」

いつも冷静なオー・ド・ヴィがこの時ばかりはぽかんと口を開けていた。

「今頃、アマレット……目を回してるわね」

徳島は呆然と空を見上げる三人に告げた。

「飛行艇といいます。あれでアルヌスまでひとっ飛びです」

それでは説明が足りないと江田島が追加する。

「魔法装置の一種と理解していただければ結構です」

「魔法？」

「ええ、魔法のようなものです」

五神殿協約と先住民文化保護国際条約によって技術の特地移転が禁止されると、銀座側世界の技術、製品はこの特地において魔法あるいは魔法の道具として説明される機会が増えた。

『十分に発達した科学技術は、魔法と見分けがつかない』とはＳＦ作家アーサー・Ｃ・クラークの言葉だが、特地の住民にとっても銀座側世界の技術は魔法の域に達しているとみなされている。そして魔法は魔導師が扱うもの。魔法の道具は魔導師でなくても扱えるが、その原理や製造方法は魔導師でなければ分からない。というのが特地の常識なので、そう説明しておけば大方の者はそれ以上詮索してこなかった。

だからシュラもただただ感心して呻いていた。

「海に潜って進む船に、空を飛ぶ船。ボクも大抵のことじゃ驚かないつもりだけど、このデタラメさには気が変になりそうだ。そんじょそこらの魔導師にはこんなこと無理だ。つまりニホンという国はすごい魔導技術を有している国ということなんだね？」

「詳しい説明をするのは難しいので、そのようにご理解いただければ結構です」

「……」

だがオー・ド・ヴィだけは訝《いぶか》しそうに江田島や徳島を見つめていた。

それは手品の種を見破っていながら、場の空気を壊さないためにあえて指摘しないでいる人間の目つきだったのである。

「統括、藤堂さん達行っちゃいましたね」

北の空にＵＳ‐１の姿が消えると徳島が言った。

「行ってしまいましたねえ」

「実は俺達の席もあるかなって期待してたんですけど」

「多分、用意はあったと思いますよ。きっと負傷者がオデットさんだけなら、私達も一緒に乗せていってくれたはずです。しかし黒川がいましたから」

「ああ、黒川艦長達の分ですか。それじゃ文句は言えませんね」

そもそも副長の八戸が帰港を急いだのは、黒川にきちんと検査を受けさせるためだ。当然、設備の整ったアルヌスに送る手続きをしたはず。ＵＳ‐１に徳島と江田島の席がなかったのはきっとそのためなのだろう。

「我々のためにＵＳ‐１をもう一往復させてくれとも言えませんし、我々はロマ川を遡《さかのぼ》ることにいたしましょう」

「千キロの道のりをですか？　そうですね。せっかくですから、ゆっくりのんびり行きましょう」

「のんびり？　そうはいきませんよ。旅の間に今回の報告をまとめなければ」

「けど統括、俺の記録や資料、機材の類はみんな海に沈んじゃったんですけど」

「いけませんね、徳島君。用意周到にしておかなくては。私は君と違いますので、ほらこの通り」

江田島はそう言って胸元から銀色のカプセルを取り出した。

それは一般にはピルケースと呼ばれるアルミ製のカプセルだった。中には黒いＳＤメモリカードが入っていた。そこに江田島の撮影した映像などのデータが全て収まっているのだ。

「あ、統括。ずるいなあ自分だけ！」

「君が単に不用心なだけです」

江田島はそう言って荷物を担ぎ上げた。

「さ、行きますよ」

「あ、待ってください」

徳島も慌てて荷物を回収して江田島の後を追った。そして追いつくと、思い出したように振り返ってプリメーラ達に手を振った。

「それじゃ、みんなお元気で」

するとプリメーラも、シュラもつられたように手を振り返した。

「エダジマ、今までどうもありがとう」

「お元気で。ごきげんよう」

オー・ド・ヴィだけが軽く首をかしげていた。そして肝心なことを忘れているプリメーラとシュラに聞こえるように呟いた。

「私達、この後どうするんでしょう」

「はっ⁉」

その言葉でシュラが我に返った。

「ちょ、ちょっと待ったあっ！」

去り行く二人を、シュラが慌てて追いかける。置いてきぼりにされてはたまらないとばかりに江田島に追いつくと、その制服の裾を掴んだ。

「ボ、ボク達をどうするんだい⁉」

「どうするとは？」

江田島は面倒臭そうに振り返った。

「まさかと思うけど、こんなところにボク達を置いていくとは言わないよね！」

「置いていくも何もあなた方は自由の身の上ではありませんか？　これからお好きになさったらよいのです。今ではラローヌ港にも様々な国の船が来るようになりましたから、アヴィオン海に向かう船だって見つけることは難しくないはずですよ」

「でも、ボクらは身一つでお金だってないし」

「今のバーサ市なら、お国の商会が支店を出していそうなものですけどねえ。そこを訪ねて事情を説明すれば、本国の統領のご令嬢なのですからきっと力を貸してくれるはずです」

「そりゃそうだろうけど、ボク達にはオディを放って帰るなんて出来ないんだ！」

「そうおっしゃいましてもねえ。それこそ着の身着のまま一文無しで、アルヌスにおいでになるおつもりですか？」

「そ、それは……」

「悪いことは申しません。一旦ティナエに戻りなさい。そして改めてオデットさんとアマレットさんを迎えにくればいいのです。どうせオデットさんのリハビリには、数ケ月の時間が必要なはずですから」

「り、りはびり？　……って何？」

シュラは聞き慣れない言葉に戸惑った。

「障碍《しょうがい》を負った方が、様々な機材や道具を用いて日常生活を送れるよう訓練を施すことです」

「そ、そんなことするんだ？」

シュラは驚きで瞼を瞬かせた。

ティナエの常識では、たとえ手足を切り落としても、傷が塞がったら船医はそれで治療終了を宣言する。患者のその後など気にしないものなのだ。だからこそプリメーラも、今後のオデットが幸せになれないと決めつけていた。それはティナエという国の医療福祉行政の貧困さを示しているのだが、そもそもそういった支援が必要だという認識が欠けているからなのだ。

「我が国では、リハビリが完了しなければ手当が終わったとはみなされません」

「そうなんだ……」

シュラは迷った。江田島の言葉通り、オデットが生活できるようになるまで訓練するのが治療というのなら数ヶ月の時間が必要になるだろう。無一文のままアルヌスで数ヶ月困窮するよりは、江田島が勧めるようにまずはティナエの商人を探し、事情を説明して帰国を世話してもらい、改めて出直すという選択肢のほうが賢く思える。プリメーラにとってもそれが最も安全で確かな方法だ。

「どうする？　エダジマの言う通りにするのが一番に思えるけど」

シュラはプリメーラに尋ねた。だがプリメーラは頭を振る。

「わたくし達は今すぐオディの後を追うべきです」

「ど、どうして？」

「オデットを見たことも聞いたこともない所に放り出すのは安心できないからです」

「でもアマレットがいるよ」

「アマレット単独で何日も、何週も、何ヶ月も支えきれると思いますか？　それこそ着の身着のまま一文無しなんですよ」

「あ、そうだった……」

プリメーラの意思が明確であることを確認したシュラは、きっぱり告げた。

「ボク達はオディを置いて帰る訳にはいかない！　だからアルヌスに行く」

「しかしですねえ。先ほど申し上げたように一文無しのままでは……」

「それこそ、少し時間をくれるならティナエの商会を探して援助してもらうよ」

「そうおっしゃっても……」

「頼むよ、お願いだよ、副長！」

シュラは江田島に抱きつき、もはや江田島相手の殺し文句となりつつある副長という役職名を強調した。

その一言を聞かされると江田島は、経験不足なシュラを補佐しなければならない気分

に陥ってしまうのだ。

「我々には帰還の報告、船便の手配などこれからしなければならないことが山ほどあります。どんなに早くても出立は明日になるでしょう。その間に、出発の準備を整えることが出来ますか、艦長？」

江田島が絶対に譲れないラインを提示する。ダメだったら置いていくという宣言でもあった。

「もちろんさ」

シュラがプリメーラを振り返った。

するとプリメーラも無言で頷く。

その瞬間、オー・ド・ヴィが脱兎《だっと》のごとく街に向かって走り出した。

「早いですね。さすがヴィ君です。徳島君も見習わなくてはいけませんよ」

江田島は言う。ヴィが誰に指示されるでもなく走り出したのは、江田島が伝えた条件を整えるためであることは言うまでもないことだった。

06

バーサ市には二つの港がある。

海に面したラローヌ湾に設けられた港。そしてロマ川に設けられた河港だ。市街は二つの港を繋ぐ街道沿いに位置している。

それぞれどちらの岸壁にも、様々な船が繋がれて旅客や荷物などの積み卸《おろ》し作業が行われている訳だが、ラローヌ港にある船は凌波性《りょうはせい》の高い大型船舶が多く、対して河港に繋がれている船は底の浅い小型舟艇が多いという特徴があった。

当然、それらの船が作る景観にはかなりの違いが生じる。

白い帆を掲げた大型帆船が並んでいる様子は壮観だが、流れが緩やかなロマ川を帆を膨らませた川船が遡っていく光景もまた牧歌的で風情がある。

だがそんな風景にもここ最近変化が生じていた。

河川を往来する船舶の中に、浚渫《しゅんせつ》用の台船や海上自衛隊の交通船の姿が混ざっているためだ。

帆を張っていないのに川を遡る舟艇や、港湾の浚渫《しゅんせつ》作業用に特化した船というものがそれまでなかっただけに、初めの頃は河川や河運を生活の場としている人々の目を引いた。大人も子供も、見たこともない船の正体を知ろうと、周囲に集まってくるのだ。

だがそれも毎日となれば次第に慣れて日常となる。やがてバーサにあまり来る機会のなかった旅商人などが「珍しい船があるねぇ」と言い出した時に、年寄りや子供であっても「ああ、それはニホンの船だよ」と説明できるまでに知られていったのだ。

しかし、この日の光景は皆を仰天させた。黒く巨大な細長い物体を載せた台船が、ロマ川をゆっくりと遡行《そこう》し始めたからだ。

「なんだあれは⁉」

「でか……」

多くの人々が川縁《かわべり》に立ち止まって目を剥いた。

その黒い物体とは、海上自衛隊所属潜水艦『にししお』であった。

海上自衛隊の潜水艦で最初にアヴィオン海まで進出して鎧鯨と戦った『にししお』の整備は、船渠《せんきょ》のない特地では不可能であった。そのため日本に送り返されることになったのだ。それが今日までかかってしまったのは艤装《ぎそう》の解除を手作業で行っていたからなのだ。

基地港務隊の三〇トン級交通船に、白い制服を着込んだ江田島が乗り込む。

「船が出ますよ！　さ、早く急いでください」

徳島はプリメーラやシュラ、オー・ド・ヴィを乗せてから最後に乗り込んだ。

三人とも身支度や旅支度をすっかり調えている。徳島と江田島が様々な手続きに走り回っている間に、オー・ド・ヴィが援助をしてくれるティナエの商会支店を見つけたのだ。

「江田島統括、出航します。お気を付けください」

後部キャビンに入った江田島達に注意が呼びかけられる。

「よろしくお願いいたします」

舫《もや》い綱《づな》が解かれて交通船はゆっくりと桟橋から離れていった。

見ればロマ川の中央あたりを『にししお』を載せた台船が進んでいる。

交通船はその安全のために随伴する任務を帯びているため、その後方に位置する。徳島達はそれに便乗してアルヌスへと向かうのだ。

交通船後部のキャビンに腰を落ち着けたシュラは、自分の写真のついた査証の角を指で挟みくるくると回しながら江田島に尋ねた。

「副長」

「なんですか？」

「この船はいつ空を飛ぶんだい？」

シュラだけでなく、プリメーラもオー・ド・ヴィも緊張の面持ちを浮かべている。その強ばった表情を見た徳島は、ついおかしくなって笑った。

「なんだい、それは？」

「そうですよ、徳島君。笑っては失礼ですよ」

「でも、いや、申し訳ありません」

徳島は深々と頭を下げる。そして江田島が説明した。

「誤解させてしまったようですね。この艇はあの『にししお』輸送のお供なのでゆっくり川を遡るだけになります」

「それはつまり、飛ばないということかい？」

「はい」

すると三人が揃って息をついた。

シュラの溜め息にはガッカリといった心情が込められていたが、プリメーラとオー・ド・ヴィの二人の溜め息にはどこか安堵したニュアンスがある。二人ともきっと飛ぶことに緊張と不安を感じていたのだろう。

「それとその査証ですが……」

江田島はさらに説明を続けた。

「もう、仕舞っていいですよ。いつでも見せられるよう携帯しておいてください」

求められた時に提示できるよう手にしていた査証を、三人ともいそいそと仕舞い込んだ。

＊　＊

千キロ以上も続く大河の船旅は単調である。

ゆっくりと流れ、移り変わっていく景色を眺めるのを楽しむことが出来るのはせいぜい一日か二日か。三日目、四日目ともなるとどうしたって飽きてしまう。

ただ幸いなことに江田島や徳島には仕事があった。おまけにノート型パソコンが交通船には用意されていた。おかげで時が流れていくのをただ待つことなく、報告をまとめる作業に当てることが出来たのである。

そしてそれはプリメーラも同じであった。彼女は手紙を書かなければならなかったのだ。

もちろんティナエの父とシーラーフの義親に向けた手紙は、バーサ滞在中に認《したた》めて商人に託してある。だが時間に限りがあったため、自分が生存していることと何が起こったのかを簡単にまとめた略報とするしかなかった。

それでは当然、父も義理の両親も不満に思うはずだ。そのため詳しい報告をこれから追加で送らなくてはならない。

それが大変な作業だった。

目の前でうんうん唸っている徳島は、江田島に『事実を正確に』と指導されつつ書き直しているが、プリメーラからしたらそちらは事実をそのまま書けばいいだけなのだから楽な作業に思えた。対してプリメーラが書こうとしている……特にシーラーフの義親に向けた手紙は、真実に寄り添いつつも事実の羅列であってはいけなかった。

権力者が『どう感じて、何を思うか』には政治的な意味がある。

政治が人間の手で行われている以上、権力者の心の動きは決して無視できない。従ってシーラーフ侯爵家の義父義母に向けた手紙には、まず息子の妻としての悲しみと嘆きが伝わるような書き方をしなければならない。要するにプリメーラは同情される必要があるのだ。

ただしそればかりを求めてはいけない。

自分のことばかりでは冷たい人間だと思われる。だから息子を失った義両親の悲嘆に寄り添うようにお悔やみの意を込めなくてはならなかった。

さらには彼らや家臣達、シーラーフの国民を満足させる努力も必要だ。どんな人間だって息子がただ戦死しましたでは納得できない。彼の戦いにどんな意味があったのか、そしてその死にどんな価値があったのかを知りたいと思っているはずだ。そして願わくば、それが賞賛に値するものであって欲しいと。

そのため連絡船のキャビンでは、三人の男女が額に深い皺を刻みながら文言を練っているという光景がしばらく展開されたのであった。

手紙を書き終えたプリメーラは、ふと周囲を見渡した。

「ヴィはどこでしょう？」

その時、傍らにいたのはシュラだけだった。

シュラはキャビンに、座り心地の好い椅子があるのにかこつけ、基本的に寝てばかりいた。

だが彼女のそんな姿にプリメーラが眉を顰《ひそ》めることはなかった。彼女のうたた寝に理由があることを知っているからだ。

『にししお』の輸送は毎日陽の出ている間に限られる。レーダーも照明もなく、他の船に舷灯も設置されていないこの世界では、衝突の事故などを防ぐため、夕方になればロマ川にほぼ等間隔に設けられた河港へ停泊する。

従ってプリメーラ達も陸に上がって船宿に泊まることになる。しかしロマ川の河港は貧しい寒村だったところも多く、ほとんどが木賃宿《きちんやど》だ。つまり大きな部屋に様々な種族、職種の人間が雑魚寝しているという状況なのだ。

泊まる部屋が男女で分けられていればまだマシなのだが、酷いところでは男女の区別もなく一つの部屋に押し込められることもあり、安心して眠ることも出来ない。そのためシュラは、プリメーラが眠っている間は夜番をしていた。だからこそ彼女はこうして日中にうたた寝をするのである。

そしてオー・ド・ヴィがこの場にいないのもサボっているからではない。彼は交通船に乗り込んでいる海自乗組員の中で暇そうな者を探すと、片っ端から声をかけて回っていた。これから日本人相手に折衝する機会が増えるだろうからと、日本語の習得に勤しんでいるのだ。

ヴィがいないと分かると、プリメーラはシュラを揺すり起こした。そして目を擦りながら起きた彼女に手紙を突きつけた。

「どう思います？」

「どうって……そんなことのためにボクを起こしたのかい？」

「……」

プリメーラが無言で頷くのを見たシュラは文面を黙読する。

そこにはこう書かれていた。

『わたくしの夫にして、あなた方のご子息は実に勇敢でした。そしてあなた方の兵士達は義の心に篤《あつ》い忠義者ばかりでした。シーラーフの艦隊は、卑劣な海賊による狡猾《こうかつ》な罠がそこに待ち受けていると知りつつも、妻たるわたくしとオデット号を逃がすため、整然と艦列を整え海賊艦隊へと立ち向かったのです。わたくしは、夫と兵士達の乗った船が海賊の新兵器によって次々と沈められていくのを見ていることしか出来ず、胸が張り裂けんばかりでした』

「これ何？」

文面を読んだ途端、シュラは眉根を寄せて眉間《みけん》に深い皺を刻む。

「もちろん手紙です。シーラーフのお義父様とお義母様に向けた」

「なるほど……」

シュラは重い雰囲気の中で告げた。

「嘘だとは言わないよ。実際、戦闘はその通りに展開していた。けど、いささか脚色し過ぎな気がするよ」

「だって本当のことなんて書ける訳ないじゃありませんか？　あなた方の息子は海賊を侮って突き進み、新兵器であっけなくやられてしまいました、だなんて……」

「それはそうだけどさ……」

さすがにシュラも一理あると認めざるを得ない。もし自分の家族が無駄死ににも等しい頓死《とんし》をしただなんて聞いたらとてもいたたまれない。

「真実は時として大勢の人間を不幸にします。そういう時は多少の嘘も方便として許されるとは思いませんか？」

シュラはプリメーラの囁きに思わず頷きたくなった。

「うーん」

だがシュラは同時に、やはり事実を脚色することも受け容れ難かった。

海賊とはいえシュラの一本気な気性はどちらかというと軍人に近い。ゆえに彼女は真実こそが最良の武器であるという思いを抱いているのだ。

だからシュラは言った。

「やっぱりやめておいたほうがいい」

するとプリメーラは不満そうに唇を尖らせた。

基本的にシュラを信用しているし、助言されれば聞き入れもする。しかしだからといって彼女に全面的に依拠《いきょ》している訳ではない。

プリメーラは諦めて、そこにタイミングよく帰ってきたオー・ド・ヴィに読ませることにした。ヴィならば賛同してくれるかもしれない。

「プリメーラお嬢様……」

だが侍従の少年もまた、苦いものを含んだような表情になった。彼も同じくこの手紙に感心してないことが理解できた。

「やはり、脚色が過ぎるでしょうか？」

二人からダメ出しが出るのだから、プリメーラも自分の間違いを認めるしかない。

だがオー・ド・ヴィはこう続けた。

「いいえ。これは政治ですから、多少の脚色は問題ないと思います。ただこの文面はあまりにも不自然で、プリメーラお嬢様の意図があけすけに見えてしまいます。プリメーラお嬢様は、御夫君を亡くされて取り乱しておいでです。ならば、多少は感情的で周囲に対する配慮が欠けているくらいでなくてはならないのです」

「そ、そうですか？」

「はい、これでは冷静過ぎて、かえって引かれてしまうでしょう」

「よい案がありますか？」

「では、こうしてはいかがですか？」

こうしてプリメーラはオー・ド・ヴィとともに、文章をひねり出すために呻吟《しんぎん》することになった。


プリメーラがヴィと手紙の文言を考え始めると、シュラはキャビンを出て交通船の甲板に出た。

見上げれば既に太陽は西の地平線に沈もうとしている。

シュラは甲板の上でうんっと両腕を広げた。ロマ川の川面を駆け抜ける風が、彼女の肢体を舐めるように過ぎていく。こうして全身で味わってみると、内陸の風が海のものとは全く違うと分かる。大地を掠めるために勢いが削がれ、鋭さに欠けるのだ。

「ふむ」

甲板からは交通船の先を進む台船が見えた。

台船には巨大な艦体が載せられている。もちろん後尾のプロペラは外されていたし、艦体の半分近くに大きな帆布がかけられていて全貌は分からない。しかし後方から仰ぎ見るその姿からは、異様な迫力が感じられた。

「これがボクらの乗ってきた『せんすいかん』……なのか」

乗っていた時は小さくて狭い船という印象だったが、こうして見るとその巨大さを実感して息を呑む。

「そうですよ。『きたしお』そのものじゃないけど、同型の船だからそう考えていいです」

答えたのは徳島だった。

突然の言葉にシュラは驚く。独り言を誰かが聞いているとは思わなかったのだ。

「司厨長か……いたんだ？」

「ずうっとキャビンに籠もっていたら息苦しくなっちゃって。風を浴びたくなりました」

「息苦しいか。司厨長には苦労をかけてしまっているね」

「苦労？」

「気詰まりなのはプリムのせいだろ？　君がアクアスの娘を助けた時、執拗《しつよう》に絡んでいた」

「ま、仕方ないですよ」

徳島がパラニダを倒した後、プリメーラはしばらく何かを我慢するようにじっと耐えていたが、やがて耐え切れなくなったのか、ある時突然徳島を詰《なじ》り始めた。どうして今回の戦いぶりをオデットの時に見せられなかったのかと言うのだ。

もしアクアスの娘を助けることが出来なかったなら、海の怪異には人間は敵わないのだとオデットの身に起きたことも受け容れられた。しかし徳島はパラニダを倒しアクアスの娘を守った。無傷とは言い難いが、とはいえ腕も尾ひれも無事だった。ならばオデットの時だって同じように出来たはずだ。プリメーラはそう言って徳島を責め立てたのである。

もちろんプリメーラの言葉は暴論だ。そもそも鎧鯨とパラニダを一緒にすること自体大きく間違っている。それでも徳島は、プリメーラの暴言を黙って聞いていた。誰かに責任を押しつけずにいられない彼女の心理を、シュラから聞かされていたからだ。

しかしケミィ達は違う。命の恩人が理不尽に詰《なじ》られているのを黙って見ていることなど出来るはずがなかった。

「ちょっと待ちぃ。どこぞのお姫様かなんか知らんけど、黙って聞いてればちぃとばかり理不尽が過ぎるで！」

「……」

プリメーラはケミィ達に言葉を返せなかった。

コミュ障の彼女には、口を噤《つぐ》み顔を伏せ、その場を立ち去ることしか出来なかった。

そしてこのことはプリメーラの胸中に悪感情を募らせていく悪循環を生んでしまった。

以来プリメーラは徳島のことを陰から睨み付けるか、あるいはずっと無視し続けている。

必要な連絡事項を伝えても返事は決してしない。徳島をいない者として扱うことで無言で徳島を責め苛んでいるのである。

「あんな、聞き分けのない娘じゃないはずなんだけどな」

シュラは頭を掻いて困り顔をした。

「大丈夫ですよ。気にしないので」

「もしかすると、君のその寛容さがいけないのかもしれない。一度ガツーンと怒ったほうがいいかもね。実際、腹が立ってるんだろ？　ボクが許すから一度叱ってごらん」

「いえ、いいですよ。別に怒ってないので」

するとシュラは驚いたように瞼を瞬かせた。

「本当に怒ってないのかい？」

「ええ……特に」

するとシュラは心配するように徳島に歩み寄った。

「それは君の寛容さゆえだよね？　プリムの言葉を真に受けているからではないよね？」

シュラは徳島の両腕をがっしりと握り、力を込めた。

「え、えっとどうしたんです？」

「老婆心ながら言わせてもらうよ、トクシマ。君はプリムにどれだけ詰《なじ》られても、自分が正しいことをしたということだけは疑ってはいけない。オデット号の艦長としてボクは、当時の部下である君の行動について、一切の責任を負う立場にある。そのボクが君の正しさを支持する。他に方法はなかった。それだけは疑わないで欲しい。いいね？」

「え、ええ。でも、どうしてそこまで言ってくれるんです？」

「全ての責任は、ボクにあるからだ。乗組員達の死、そしてオデットの負傷、全ては艦長たるボクが負うものだ。その特権を、ボクは誰にも譲るつもりはないよ。そして君が心配だ。君は今後も戦うのだろう？　自分を疑いながら戦っていては、いつ命を落とすか分からない。もちろんそんなことは起きて欲しくないけど、もしそうなったら、ボクはプリムに、君のせいでトクシマが死んだと告げる」

「それは……」

「いいや、戦士に自分を疑わせることほど罪深いことはないんだ。だからボクは、君に戦えと命じた艦長として、それだけは許すことが出来ない。プリムにも自分の責任をきちんと認識させる。もちろんそれは兵士のありとあらゆる行為を許すという意味ではないよ。戦いの最中にあろうと、犯罪や不正は激しく指弾しなくちゃいけない。けど戦士が武器を手に、敵と渡り合っている最中、咄嗟の決心を鈍《にぶ》らせるようなことだけは絶対にしちゃいけない。戦いというのは、極端なことを言えば人殺しだ。吐き気のする、汚らわしく身の毛もよだつ殺戮《さつりく》だ。だけど平和とか、安全とか、正義とかいう美名の下に、市民に選ばれた政治屋共がそれをせよとボクら艦長に命じ、ボク達はその使命を達成するために必要だからという理由で君達乗組員に命じる。つまりは市民が出来ないことを、ボク達にやらせているんだ。なのに手を汚さずに守ってもらうだけの立場の者が、口舌《こうぜつ》の刃で戦っている者を後ろから切りつけたら、ボク達は……いやボクはまだ指揮官だからいい、けれど君達兵士は一体何を信じて戦えばいいんだい？」

「それは……確かにそうですけど」

「だからトクシマ、ボクからの頼みは、プリムに罪の重荷を背負わせる事態にだけはならないようにして欲しいってことなんだ。あの日あの時の君の行動、判断に過ちはなかった。もしかしたらもっとよい方法が、ボクには思いつかないけど、どこかにあったかもと考え続けるのはいいさ。けどね。それは今後の課題だ。後知恵で過去の決断を後悔したり悩んだりしないで欲しい。ましてや敵と向かい合った瞬間に、躊躇って怪我をしたり戦死したりなんて言語道断だ。いいね？」

「分かりました。極力そういうことのないようにします」

「頼んだよ」

シュラはそう言って、徳島の鳩尾《みぞおち》に拳をドスンと押し当てた。シュラが何かを誰かに託す時のやり方らしい。徳島はその圧の強さに思わず咳き込んでしまったが、シュラの思いはその感触とともに確かに徳島に刻み込まれた。

「ところでシュラ艦長。実は気になることがあって、相談いいですか？」

徳島は腹を撫でながら、以前から気になっていたことをシュラに告げることにした。

「なんだい？　乗組員の相談に乗ることも艦長の役目だからね。ボクでよかったら相談に乗るよ。あ、ただし色恋沙汰は苦手かな？　ボクはうじうじ悩むより全身全霊突撃敢行を好むから……」

「実はオディのことです」

徳島は海賊艦の船守りが、助けると言ったのに自分から命を絶ったこと。そしてそれが自分が守るべき船を失った時の船守りの身の処し方だと語ったことを告げた。

「ああ、そういうことか……君はオデットを心配してるんだね？」

徳島は頷いた。

「オデットが、船に殉じて自ら命を絶つなんてことにならないだろうかということです。彼女も海神の巫女なんでしょ？」

「もちろんだとも。ただし、ボクの知るあの娘なら、すぐにそういう道を選ぶことはない。それだけは確信を持って言える」

「どうしてそう言えるんですか？」

「オディには今、信仰よりも大切なことがあるからだよ」

「大切なことって？」

「ボク達との友誼《ゆうぎ》。プリムの安寧《あんねい》。それと翼皇種《アヴィ》の血を残すこと。この三つを蔑《ないがし》ろにして、彼女が個人的な信仰心を優先することはあり得ない。そもそもあの時、君に自分の足を切り落とさせたのは彼女なんだろう？　そこまでしても生き残りたいと望んだ彼女の責任感を信じてやってほしい」

「そうですか。でも、それだと心配の種は減りませんね」

「どうして？」

「義務とか使命とかに縛られて生きてきた人間は、それがなくなると、まるで呪縛から解放されたように自分を終わらせたがるからです」

シュラは首を傾げた。

「まるでそういう人物を知っているかのようだね？」

「ええ、ちょっとばかり」

徳島が頷くのを見たシュラは真顔になった。

「分かった。君が心配していることの意味も深刻度も理解したよ。まあ、ボクも彼女のことは注意して見ておくことにするよ」

シュラはそう言うと徳島に礼を告げたのであった。

＊　＊

ロパスはかつてロマ川の畔《ほとり》にあるというだけの小さな寒村だった。

痩せた土地を何とか耕して作る萎《しな》びた野菜、そして小舟を繰り出し網を打ってとれる僅かな川魚。そんなものが住民達の暮らしを支える糧となっていた。

しかしこの土地が帝国より日本に割譲されたアルヌス州の端っこに位置していたことで、その様相は大きく様変わりすることになる。

特地の辺境は、行政の境が複雑だ。その多くが貴族の所領となっていたり、諸侯国の領土であったりして中央の統制下にない。そのため統一規格による道路整備は遅々として進まず、大量輸送は難しい。

そこで商人達は河川を利用した流通に頼る。船ならば大量の荷物を少ない人員――すなわちローコストで、しかも長距離運ぶことが可能になるからだ。

そのためアルヌス州ではロパスが特地における交易の重要な中継点となった。河川運輸と陸上運輸の結節点としてアルヌスからの直通の道路や港湾の整備が推し進められたのだ。

おかげでロパスは帝国でもなかなか見られない中規模の都市となった。大河ロマの河川だけでは船着き場が足りないため、岸から内陸に水路を引き入れられローマン・コンクリートで固められた大小様々な岸壁、そして浮き栈橋が設置された。今では常時数十の舟艇が舫いを繋いでいる光景が見られる。

そんな栈橋の一つに、一人の少女の姿があった。

その娘は蒼髪を風になびかせながらじっと川下のほうを見つめている。

栈橋には次々と舟船が到着し、大勢の旅客が降り、あるいは乗ってまた栈橋から離れていく。そんな光景を彼女はじっと見つめていた。

誰かが降り立つのを待っているのか、毎朝毎朝船が出入りする時刻になるとやってきて、夕方船の姿が途切れるまでずっと佇んでいる。

「おい、あの娘、昨日もいたな」

ロパスで浚渫《しゅんせつ》や荷役作業に従事する水棲亜人達がそんな彼女に視線を送った。

「お前知らなかったのか？　あの娘は少し前からああして毎日ここにいるんだぜ」

「そうなんだ。で、誰を待ってるんだ？」

「さあな。本当のことは誰にも分からんよ。行商に出かけた父親を待っているとか、兄弟の帰りを待っているとか言う奴もいる」

毎日毎日美少女が憂《うれ》い顔で立っていれば嫌でも目を引く。

人々は口々に「きっと旅に出かけた父が約束の期限を過ぎても帰ってこないのだろう。心配だな」とか「兄や母を待っているんだろ」などと好き勝手に背景の物語を想像し、同情したり、一人ぼっちならウチに来ないかと声をかけたりとお節介を焼きたがった。

だが、彼女が待っているのは皆の推測に反し、親でも兄弟でもなく男であった。ただひたすら親しい男が戻るのを待っているのだ。

メイベル・フォーン――特地世界でも希《まれ》な蒼髪の娘は、特地で最も若齢《じゃくれい》の亜神だ。

ただし今は仕える主神を持っていない。彼女が仕えていた神は、彼女が体内に宿していた神器をロゥリィ・マーキュリーに奪われると、もう二度とメイベルの呼びかけに応

えることはなくなってしまった。あたかも彼女の使命はそれで終わったとでも言うかのように、主神から見捨てられたのだ。

以来、メイベルは不老不死の身体を持つだけの存在と化した。今はただ生きて、眠って、起きてを繰り返している。そしておそらく、それが向後《こうご》千年間ほど繰り返されるのだ。

そんな彼女が見つめる先に、巨大な『にししお』の姿が見えてきた。

「やっと戻って来たかや？　躬《み》をここまで待たせるとは。良い度胸だと彼奴《あやつ》を褒めてやらねばならぬかもしれぬな」

『にししお』を載せた台船は、彼女の目の前までやってくるとロパスの岸壁へ舷を寄せる。そして何隻もの曳船に引かれ押されして、静かに着岸した。

「奴に会《お》うたらどうしてくれようか？　膾《なます》のように切り刻んでやるか、それともぼてくりこかして河に流してやろうか。いずれにせよ泣こうが喚こうが決して絶対に、必ず手加減してやらぬ。躬をここまで待たせた罰は、なんとかしてやらねば気が収まら……ぬ……」

そこまで呟いてメイベルは口ごもった。

目の前を、海上自衛隊の交通船が通り過ぎていったのだ。そしてその甲板には、間違いなくあの男の横顔があった。

絶対に間違いない。一瞬でしかなくとも自分があの男を見間違うことなど決してありえないのだから。


メイベルはあの日の男との出会いを思い出す。

ロゥリィ・マーキュリーに手も足も出ずコテンパンにされたメイベルは、大地に転がり動けずにいた。そんな中、独り言のように呟く。

「こんなところを誰かに見つかったら、何をされても抵抗できぬ。困った困った……」

だがそれは傍らに立つ者に聞かせるためのものでもあった。

「それは、今がチャンスだから襲ってもいいよという誘い文句ですか？」

青年は横たわる少女を見下ろしながら言った。

「とんでもない。今の一言は、躬を可哀想だと思うのなら、助けるのが人の道に適《かな》ったやり方であると諭しているのじゃ」

分かりやすく言うなら、助けてくださいと仄《ほの》めかしているのだ。

「人の道ねぇ……な〜んか罠の臭いがぷんぷんするけどなあ」

青年は後ろ頭をばりばりと掻いた。

「で、何をして欲しい？　人を呼ぶ？　それとも医者につれてく？」

青年に問いかけられたメイベルは「実は星を眺めていたいと思っている。その間愚痴なり聞いてくれると嬉しいのじゃが」と答える。とはいえまだ空には星が瞬いていなかった。これから夕方になるという時間では星を眺めるには早過ぎるのだ。

要するに助けて欲しいとは口が裂けても言いたくないだけだ。あくまでも男が自発的に助けた形にしたいのだ。だが青年はそのことに気付いているのかいないのか、「なんでそんな有り様になったんだい？」と尋ねる。

「躬が生まれ落ちてから、こうなるまでの経緯を語ろうとしたら長くなるぞ」

「誰がこれまでの人生について語れと言いましたか。かいつまみなさいよ」

「かいつまんでは面白くないのじゃ」

すると青年はメイベルの傍らによっこらせと腰を下ろして言った。

「はいはい。分かりました、それじゃあ、聞こうじゃありませんか」

星が出てくるまでね、などと言うのは、わざとはぐらかしているのか、それとも本当に分かってないのか。

だが自分の言葉にならぬ頼みを無視した罪は重いぞとばかりに、メイベルは本当にかいつまむことなく、自分が物心ついてから今日のその日に至るまでの出来事を、延々と余すことなく語って聞かせたのである。星が出てくるまでどころか、一晩中、明け方まで。そして青年もまた根気よくその話に耳を傾けた。一晩中、明け方になるまで。星が出てくるまでと言ったのにもかかわらず。

それ以来の仲なのだ。

「おい……ハジメ……」

メイベルが呼びかけても、男は気付かない。桟橋に降り立つと江田島とともに岸壁の入管事務所へ向かってしまった。

「ちっ……」

本当に嫌な奴だ。

片手を肩口まで上げた自分がまるで馬鹿みたいではないか。しかもよく見れば、江田島と二人ではない。何やら若い女二人と少年一人を引き連れている。

胸の大きな眼帯の女は江田島と並んで歩いている。つまり意識は江田島に向かっているということだ。ならばそちらはいい。

問題はピンクの髪をした女だった。

俗世ではピンクは淫乱という。そんな女が先を歩く徳島に向け鋭い視線を放っていた。

その視線は、喜怒哀楽様々な情が混ざった複雑な色を呈している。だがはっきりとした特徴はそれら全てが著しく強いということだ。

「あれほど言うておいたのに……たわけ者が」

それを見たメイベルは頬を大きく膨らませた。

どうやら徳島という男は、自分という者がいるのにまたぞろどこぞの女に情けをかけていやがったらしいのだ。

07

「待っていたぞ」

入管手続きを終えた徳島達の前に蒼髪の娘が立った。

「あ、メイベル」

メイベルは徳島にトトトトっと駆け寄るとその腕にぶら下がるようにしがみついた。

「おかえりなのじゃ、ハジメ」

満面の笑みの出迎えに、徳島も笑顔で返す。

「やあ、元気だったかい？」

だがメイベルは、すぐに暗い顔をして唇を尖らせた。

「何を言っておる!?　元気である訳なかろう？　お前がいなかったせいで、躬は口が寂しくて寂しくてたまらんかったんじゃ。思わず余所の食房に行ってみようかと思ったほどじゃ」

「行ってみればよかったのに。いろんな味を知るのは舌を鍛えるのにはいいことだよ」

「むう、お前は冷たい男じゃ。躬はお前の作ったものだけを食していたいと申しておるのに、その気持ちが分からぬとは朴念仁《ぼくねんじん》にも程があろう」

「メイベルさん、どうして貴女がここに？」

いつまで待っていても会話が途切れそうもないので江田島は少し強引に割って入った。

もちろん徳島との楽しい会話を邪魔された少女は不満そうな表情をする。

「エダジマは元気そうで残念じゃな。とっとと死ねばよいのに」

「憎まれっ子世に憚《はばか》ると申します」

江田島は苦笑で応じた。

「躬がここにおるのは、お前達が今日帰ってくることを聞いておったからじゃ」

「聞いたってどなたに？」

「忘れた……」

「ふむ、きっと藤堂君あたりですかね」

江田島は呟いた。

「ああ、だからそれに間に合うように躬はやってきたという訳じゃ。決して毎日毎日お前の帰りをここに立って待っていた訳ではないぞ。だから誤解してはいかんのじゃ。よいな」

メイベルは徳島にそう告げた。

そんな二人のやりとりを見ていたシュラは江田島に疑問を投げかけた。

「誰なんだい？」

「彼女はメイベルです。徳島君の友人ですね」

「友人と呼ぶには、随分と親しげだけど」

「では、特に親しい友人と訂正いたしましょう」

蒼髪の少女は徳島に随分と親しげにすり寄っている。なのに江田島は決して恋人とは言わない。シュラはそのあたりに含まれた微妙なニュアンスを読み取った。

「なるほど」

メイベルは自分の腕を積極的に徳島に絡めていく。

徳島は嫌がりこそしないが、かといって彼女を自ら抱き寄せるまではしない。つまりはそういう関係なのだ。

メイベルはそこでプリメーラとシュラ、そしてオー・ド・ヴィを見た。主にプリメーラに視線が向く。

「ふーん、この者達が今回のハジメの客かや？」

「うん」

「そうか。ならば躬の客でもあるな。歓待する故、何事も心易《やす》く申し出るがよい。ハジメやエダジマは気の利かぬ男故に、おなごの立場では言い辛いこともあったじゃろう」

プリメーラとシュラは戸惑いながらも頷いた。

二人が首肯するのを見た江田島は眉間に皺を寄せた。この男も二人にはそれなりに気を遣っていたつもりなのだ。

「私達、そんなに気が利きませんかねえ」

「全くもって。……例えばこの者達を見よ。長旅でいかにも疲れ切った顔をしておるではないか。おそらく空腹なのじゃろう？　なのにこんなところに立たせておくとは。これからどうするつもりなんじゃ？」

「いや、特に。入管手続きを終えたばかりなのでこれからどうするかは……」

ロパスの街は比較的大きく広がっているので、どこに行くにしても辻馬車《タクシー》に乗るほうが便利である。そのため入国管理事務所の玄関前には、来港した旅客のために辻馬車が停まっていることが多い。

だが徳島達が出てきた時には既に他の客に奪われ一台も残っていなかった。そして次の辻馬車を待つ客で行列が出来ている。ここから移動するならこの列に加わらなくてはならない。

「だから気が利かぬと申すのじゃ。そういう時は辻馬車や店を予約しておくとか、一旦腰を下ろせる場所に参るとかするのが甲斐性と申すものであろ？」

「確かに貴女の仰る通りですね。失礼しました」

メイベルは強引に江田島をやり込めて謝らせた。

「ではどこかに店がないか尋ねてまいります」

江田島はそう言って入管に戻っていく。

すると今度は徳島がメイベルを叱った。

「メイベル！　こっちじゃ移動の日程が狂うなんて当たり前のことだし、高速通信網も敷かれてないんだからスマホは通じないし、大阪から東京のレストランを予約するみたいなことは出来ないんだよ。そもそもそういう手配は統括付である俺の仕事だし。あ、だから気が利かないって言われるのか、うう」

徳島は崩れるようにその場に座り込んでしまった。

「あ、ああ、すまない。すまないのだ、ハジメ！」

シュラとプリメーラはこの三人の関係に驚いていた。

ここまでの旅に同道してきたシュラとプリメーラも、江田島の地位の高さは薄々理解していた。

江田島は艦長経験者でありおそらくは一軍の高官である。そんな相手を叱りつけて従わせてしまうのだから、一見若齢に見える蒼髪少女の尊大さは大概である。あるいは本当に影の実力者なのかもしれない。だから江田島も従うのだろう。

それならばそれで納得もいく。しかしそうなると今度はメイベルが江田島の部下である徳島に拗《す》ねられて困り果てていることになる。まあ、その理由については徳島への態度を見ていれば薄々理解できるのだが。

とにかく彼らは三者三竦みの関係らしい。

だからなのかプリメーラは、徳島の腕に手を絡ませるメイベルを不快そうに見ていた。

そしてシュラもまた、江田島を気安く叱り飛ばすメイベルに不愉快な視線を向けていたのである。

＊　　＊

徳島と江田島はプリメーラ達を連れて近在の茶房に入った。もちろんメイベルも一緒だ。

徳島は当然という顔をして付いてくるメイベルに尋ねた。

「あれ？　俺の作ったもの以外は食べないんじゃなかったの？」

当たり前のように徳島の隣に腰を下ろしたメイベルは、意地悪な質問をいなすように嘯《うそぶ》く。

「いろいろな味を知るのはよいことなのであろ？　早速その勧めに従うことにしたんじゃ」

「そう？　なら今度はさ、協調性とか遠慮なんてものも覚えてみてはどう？　きっと役に立つと思うけど」

「ハジメ。そろそろ躬という女を理解すべきじゃぞ。躬はそういう俗なことに心を囚われるつもりは毛頭ないのじゃ」

「でも、それだと凄く苦労すると思うよ」

「他の者がどう思うかなどいちいち気にしながら生きる道を選ぶならそうじゃろな？」

徳島達は茶房のテラス席を占領した。

テラスからロパスの河港が見える。そしてそこからは巨大なクレーンが『にししお』を台船から降ろしている様子も見られた。

埠頭では山久ロジスティック株式会社のユニットドーリーが待ち構えている。これに『にししお』を載せてアルヌスまでの陸路を進むのだ。

道路は先住民文化保護条約に基づき特地の石工組合の手によって作られていた。

一旦地面を掘り返して路床《ろしょう》をしっかり固め、手のひらを覆う程度の中石、小石、砂礫《されき》と順に積んでいき、ローマン・コンクリートで道床《どうしょう》として、その上に隙間なく石を並べて舗装する。現代日本の道路強度面にも劣らないしっかりした作りになっていた。

「さて、ハジメ。これらの者共をそろそろ紹介してくれぬか？」

巨大な潜水艦が吊り上げられるという稀有な光景にしばし見入っていたメイベルだが、やがて飽きてきたのか徳島に女性達の紹介を求めた。

「では、ボクから名乗ろう。ティナエ共和国海軍所属オデット号艦長のシュラ・ノ・アーチだよ」

「そうか、よろしく」

メイベルは、シュラの胸の隆起を羨ましげに見ていたことを悟られまいとしてか、慇《いん》慇《ぎん》に頷いた。だが当然ながらシュラは蒼髪少女の遠慮がちな視線を感じとっていて、勝ち誇ったように微笑を浮かべた。

次にオー・ド・ヴィが立ち上がって続ける。

「私はオー・ド・ヴィ。これよりアヴィオン王室が嫡女、シーラーフ侯爵公子妃、そして『碧海の美しき宝珠ティナエ』統領《ドージェ》閣下の娘であるプリメーラ王女殿下をご紹介いたします」

プリメーラは紹介に応えるように品良く頷いた。そういう時、視線は相手を直視せず伏せ気味にすると優雅に見える。それもまた貴婦人の振る舞い方の一つだ。だからこそコミュ障のプリメーラでも社交界にいられるのだ。

「アヴィオン？　聞かぬ名じゃなあ。シーラーフもティナエも寡聞にして知らぬ」

だがメイベルの態度は全く変わらない。

王女と名乗ればその尊大な態度に何がしかの変化があると期待していたプリメーラとオー・ド・ヴィは静かに俯く。

「メイベルはこういう娘だし、内陸の出身で海の国の知識はないから」

徳島はそう執り成すがメイベルは続けた。

「そもそも人爵《じんしゃく》をもって躬をひれ伏させようとすることが不遜なんじゃ。ハジメのように躬が感心するほどの技量――天爵を持つ者なら別じゃがな」

シュラは江田島に囁いた。

「副長、この娘一体どういう素性なんだい？」

するとメイベルは自ら語った。

「躬か？　躬は……メイベル・フォーン。かつては神に仕えておったが、今ではそんなものおらぬ故、『堕ちた使徒』『見捨てられた亜神』などと呼ばれておる。今ではハジメの食客というものをしておる故、よしなにな」

メイベルがそう言って儚げに嗤うと、プリメーラとシュラ、そしてオー・ド・ヴィの三人は声を揃えて「亜神!?」と驚き、目を丸くしたのだった。


食事を終えると徳島達は駅馬車でロパスを発ちアルヌスへと向かった。

街道がきちんと整備されていたこともあって距離にして百キロ近い道程を僅か一泊二日で踏破出来た。もし出発時間を早朝にしていたら、その日の暗くなる頃にはアルヌスに到着できたかもしれない。それほどの速さだったのだ。

アルヌスに近付けば近付くほど、街道を進む馬車の数は増えていく。

馬車の群れの間には、特地側に進出してきた企業の乗用車やトラックの姿も見受けられた。だが、銀座側世界の発展途上国にあるような、中古車やオートバイがひしめきあう光景はない。先住民文化保護条約の規定によって、豊富な原油資源があるとはいえ、ガソリンを精製することも出来ないからである。

その代わりここではゴムタイヤを履いた荷車を馬や恐獣が牽き、野菜や穀物の農作物を運んでいるという一風変わった風景がある。駅馬車にもゴムタイヤは装着されている。その車輪で、丁寧に敷き詰められた石畳の街道を走るから速いのだ。

「これがアルヌスの街なのかい?」

シュラの問いに、江田島は「はい」と頷いた。

「あちこちで工事している建物がある。活気や勢いを感じるね」

街の風景もかつてに比べてすっかり様変わりしている。

建物の多くは木造なのだが、その中に石造りの物も増えていた。今はまだ大半が神殿や公会堂、州庁舎に限られるが、一般の民家でも新築の際には石造りを選ぶ者が増えてきているのだ。

徳島達は、アルヌスの停車所で駅馬車を降りると、まずアルヌスの自衛隊病院へ向かった。そこでオデットが治療を受けているはずだからだ。

しかし徳島らが辿り着いた時にはもう、オデットは既にいなかった。

「ど、どういうことなんだい？」

「ま、まさか……」

プリメーラが最悪を想像して青ざめている中、江田島は告げた。

「中央病院に転院になったそうです」

中央病院は銀座側にある。

「どうして中央病院に？」

「リハビリテーションと義足の製作が必要なんですが、ここだとよい物が作れないからだそうです。特にオデットさんは有翼種《アヴィ》ですから、軽くて丈夫な材料を使いたいとかなんとか。それで到着したその足で、転院となったそうです」

「そ、そういうことか」

シュラは安堵したように胸を撫で下ろした。

「そこでなのですが、みなさんは今後どうされますか？　ティナエに一旦帰るか、このアルヌスでオデットさんの帰りを待ちますか？」

するとシュラが不満顔をした。

「副長はいつもそうだね。ボク達がギンザに行くという選択肢はないのかい？　許されるのであれば、オディの下に駆けつけたいんだ」

「そうは仰いますが、言うほど簡単ではないのです」

江田島が彼女達の銀座渡門に消極的であるのには理由があった。その一つにプリメーラやシュラ、オー・ド・ヴィが在バーサ日本領事館で入手した査証が、アルヌス州に入るためのものであることが挙げられた。

日本は現在、入国審査を二段階に分けていた。そして特地人のアルヌス州への入国は比較的簡単にしてあるのだ。それはアルヌス州の住民と特地の他の国々との結びつきを、新たな国境で切り裂くことが望ましくないからだ。それに現段階では特地世界の全ての様子を把握できていない。おかげでまだ特地の国々の多くと国交を結べていない。だからこそ特別措置として、特地では旅券が提示されなくとも査証が発給されるのである。

そしてその代わり、銀座側へ渡る際の手続きは厳格で、一段レベルの高い査証と旅券の提示が必要だった。つまり問題は、プリメーラ達が旅券を持っていないことにあるのだ。

「旅券か……」

実は特地にも旅券制度はある。帝国でも『この者の人身を脅《おびや》かせし者は、帝国皇帝に宣戦を布告したものと看做《みな》す』という一文の入った書簡を発給していた。

もちろんシュラもプリメーラもオー・ド・ヴィも、ティナエから出国した時は外交団の一員として身分を保証する関係書類を携えていた。だがそれらは全てオデット号が沈んだ時に失われてしまったのだ。

「ならどうやってオデットやアマレットはギンザへ渡ったんだい？」

「人道的な特別措置というものです。外務省の藤堂さんが付いてましたからね。そのあたりは上手くやってくれたようです」

「その特別措置とやらを、ボク達が受けることは出来ないのかな？」

「うーん……」

特別措置というのはやたらめったら発効されないからこそ特別なのだ。それをさらに求めるなら相応の理由が必要となる。

「頼めないのかい？　副長」

救いを求めるシュラを、何故か無下に出来ない江田島であった。

＊　　＊

「とにかく試みてみます。ですが期待しないでください」

江田島はシュラの求めに対し、巨大組織に所属する者にありがちな物言いで応えた。

「統括がそんな物言いをなさるなんて珍しいですね」

一旦、プリメーラ達と別れると、徳島は江田島に囁いた。

先ほどの歯切れの悪い返答に、シュラ達はきっと何とも言えない不全感を味わったはず。だがこれは、上の意向一つで何もかもガラッと変わってしまう組織ではお馴染みの台詞でもあった。

自分はいくらいいと思っても、上からダメと言われたらどうにもならない。そうなったらもう何をどうしようとテコでも動かない。申し訳ありませんダメでした、と安請け合いしたことを後悔しつつ頭を下げに行くはめになるのだ。

自衛官の多くはそのことに本能的に気付いて、最初から、あるいは実際にそんな体験を何度か繰り返しつつ、最終的にはやっぱりこういう物言いをするようになっていく。

しかし江田島という人間はそうした返事をすることはなかった。少なくとも徳島の知る限りにおいては。

江田島は、自衛隊という巨大組織の中で、自分が最良と信じたことを実現させる方法を心得ているのだ。

そのやり方は腕のよい鍼灸師《しんきゅうし》が、針一本で患者の症状を和らげてしまうのにも似ている。意思決定の力学や作用を、あたかも人体を巡る経絡経穴《けいらくけいけつ》のように読み取って、絶妙な箇所への巧妙な一撃で目的の効果を引き出すのだ。もちろん何もかもやりたい放題に出来る訳ではない。そもそも出来ないと分かることは最初から考えないし試みもしないから、きっぱり断るだけだ。しかし引き受けるとなったら、その是非はその場で口にする。そういうタイプだった。

しかし今回に限っては江田島の歯切れが悪い。それは実に希なことなのだ。

「どうなさったんですか？」

江田島は徳島の隣で顔を伏せた。

「おそらく彼女達の希望は叶うでしょう」

「それならもうちょっとはっきりよい返事をしてもよかったのでは？」

「ですが、それは政治的な理由によるものです」

「政治……ですか？」

「そう。今、特地と日本の状況、そして世界の各地で起きている出来事を俯瞰して眺める者にとって、彼女達は大変都合のいい存在に思えるはず」

「だから希望が通ると？」

「はい。彼らの目には、彼女達は葱《ねぎ》を背負って現れた鴨に見えるのです。そしてこれから先起こる出来事は、多分七：三ほどの割合で彼女達を平穏から遠ざけていきます」

「だから……なんですか？」

「ええ、そうです。だから私としてはこの件で積極的に動く気になれないのです。しかし、やれるだけはやってみましょう。では徳島君、彼女達の面倒をお任せしますよ」

「え、俺ですか？」

「君以外に誰に託せると？　三人ともここは初めてなんですよ」

「了解！」

徳島は敬礼した。

三人を徳島に任せた江田島は、アルヌス州庁の隣にある特地地方総監部へ向かった。いや、向かったというより『戻った』と言うべきだろう。江田島の特地担当統括官としての執務室はここにあるのだから。

まず、上司たる特地方面統合運用司令に帰還と任務の完了を報告。そこで労いの言葉をもらったものの、自分の椅子に腰を下ろす寸前に会議室に呼び出された。そこでは特地担当の副大臣や内閣官房の政務官ら政治家、そして外務省、法務省、国土交通省、警察庁の特地担当者、陸・海・空自衛隊の特地方面情報部門の担当者達が雁首《がんくび》揃えて待ち構えていたのである。

「私は、たった今到着したばかりなのですが、皆さん一体どうやって？」

「貴方が戻ることは藤堂君から知らされていたからね。時間を無駄にしたくなかったんだ」

特地担当副大臣の佐嶋将久《さじままさひさ》が江田島を見据えながら答えた。

「『にししお』の移送計画を確認すれば、君が戻る時刻も予想できる。帰り着いて早々悪いんだが、君の口から直接報告を聞きたい」

江田島はティナエでの出来事――チャンを確保して連れ戻す途中、海賊艦が前装式の大砲を装備していたことを報告した。

「それは特地で開発されたものではない？」

口髭がトレードマークの政治家は江田島が提出した資料を捲りながら問うた。

「我々の世界における大砲の発達史に鑑《かんが》みても、あの大砲と砲架は洗練されすぎています」

「つまり何者かが違法な技術供与をしている可能性が高いと言うのだね？」

「間違いないでしょう」

「それに、今回のチャン某《なにがし》が関わっている？」

「個人として見ればその公算は低いですが、チャンが某かの組織の一員であると考えると非常に高くなると思われます」

するとと藤堂が立ち上がって、合衆国当局から提供されたチャンの取り調べ報告を読み上げた。合衆国当局も既に取り調べを進めているようだ。

「当人の供述は全てにおいて知らぬ存ぜぬというものです。ジャーナリストとして興味の赴くまま特地の奥地に踏み入ってしまった。そうしたら海賊に捕まってしまったということです。しかしながらこちらの調査に引っかかった彼の行き先は、アヴィオン海の政治的状況を面倒にするホットスポットばかり。いささか奇妙だと言わざるを得ません」

「奴は捕虜、奴隷として自分の意思に反してそれらの土地に連れ回されたと主張しているらしいな？」

「ええ。それは外形的には事実ですからね、最後までそれで押し通してくるでしょう」

「合衆国当局は奴をどうすると？」

「一通り調べたら釈放するしかないと」

「致し方なし……か。我々に出来ることは再入国を禁止することが関の山だろうな」

「早速そのように手配いたします」

皆にコメントがないことを確認して藤堂が続けた。

「問題はアヴィオン海周辺の政治状況です。アトランティアが急速に力を付けています」

「アトランティアか……どっかで聞いた名前だな？」

「帝国でピニャ陛下と帝位を争った姫様が降嫁《こうか》した国ですよ」

「ああ、あそこか」

佐嶋が資料を読みながらまとめた。

「そのアトランティアが周辺諸国を圧迫している。周辺諸国が力を弱めているのは海賊の急速な隆盛が原因。そして海賊が猛威を揮っているのは特地の武器発達史としてはありえないレベルの大砲を装備しているから。そう考えるとこれらの諸要素はそれぞれ関係していると見るべきだ」

「そしてその付近を、工作員と思しきジャーナリストがうろちょろしていた」

佐嶋はトレードマークでもある口髭を撫でつつ問いかけた。

「状況に鑑みると『何者か』が特地の海洋勢力と手を結ぼうとしている。あるいは既に手を結んでいる。さて、その目的は何か？」

「特地の国際情勢を見ますと、ファルマート大陸のハートランドを押さえる帝国と我が国は友好的な関係を維持しています。周辺諸国との関係も経済が好調なため、まず良好と言えるでしょう。どの国も治安が安定し国がひっくり返る事態にはなりにくい。だとすると、この状況を崩すために、大陸勢力と対立関係になりやすい海洋勢力と手を結んで、リムランドの流通経済を破壊して社会不安をたきつけて騒擾《そうじょう》を起こすという手なのでは？」

「最終的に内乱を起こさせ政権を転覆させるか。そうやってじわじわ傀儡《かいらい》、衛星国を増やしていくという気の長い手口はあの連中かな？」

「はい。時間をかければ、滴る水滴ですら岩を穿《うが》ちます。そうした気の長いやり口はあの連中が好んで行う手口です」

　すると警察の参事官が言った。

「しかし感心してばかりもいられません。アルヌスでなら違法な技術移出は取り締まることが出来ますが、国境の外となると我々には手の施しようがないんです。そもそも我が国はアヴィオン海の諸国やアトランティアとは国交もありませんし」

「かつて北条総理は特地を日本国の領土と考えるものとして特地への自衛隊派遣を合法化した。今は帝国と国交を結んだが、まだ国交のない特地の国々も日本の一部であると考えてしまってよいのでは？」

「さすがにそうはいかないでしょう？」

するると佐嶋が口髭を撫でながら言う。

「そうでなかったとしても当該地域の状況に介入するには様々な問題がある。今回は米国籍市民の救出という建前もあったが、この問題に対処するには周辺諸国との外交問題と、そもそも国民が認めるかという問題がある。つまり政治マター、我々の領分だ。それについてはこちらでなんとかするつもりだが、容易ではないと考えて欲しい」

「そこなんですが、外交的にはよい方法があります。ちょうど向こうから……」

高官達の討論を聞いていた江田島は、一人嘆息していた。事態はどうやら彼が思っていた通りに進展していきそうであった。

＊　＊

江田島が冷めた視線で政府高官達のやりとりを眺めている頃、プリメーラ達の面倒を見るよう命じられた徳島は、彼女達を連れてアルヌスのホテルへと向かっていた。

新・書海亭《しょかいてい》ホテルの玄関をくぐると、フロントマンが徳島達を出迎える。

アルヌスは日本領ということもあって、ここの宿泊のシステムはすっかり日本ナイズされていた。その方が銀座側からやってきたばかりの客は安心するということを書海亭の主人ハーマルは目敏《めざと》く気付き、アルヌス支店についてはその姿を一変させたのだ。

そのために日本人のマネージャーを高給で雇い入れ、スタッフの指導をさせている。

フロントマンは徳島の白い制服を見るとすぐに笑顔となった。アルヌスでは自衛隊の制服は信用があるのだ。

「いつもありがとうございます。本日のご用命はお泊まりですか？」

「こちらの女性二人と男性一人の宿泊を……」

フロントマンは、徳島に促されてプリメーラとシュラ、そしてオー・ド・ヴィに視線を向けた。

「お客様はよろしいのですか？」

続いてメイベルに目を向けた。

「俺や彼女は、アルヌスに部屋があるから……」

フロントマンは納得したように頷いた。

「かしこまりました。女性二人男性一人。お部屋はお一人にお一つずつ？」

「シングルを三部屋で」

「いや、ボク達は二人で一つの部屋がいい」

突然シュラが会話に割り込んだ。フロントマンは肩をすくめてそれを受け容れた。

「いつまでご利用なさいますか？」

「『門《ゲート》』が開くまでだけど、一番早い予定はいつかな？」

「『開門』の予定時刻は、明日の正午となっています」

フロントマンは壁の時刻表を確認して告げた。

常時『門』が開きっぱなしだった昔と違い、現在アルヌスと銀座を往来するには『門』が開かれるのを待たなくてはならない。大抵は二日、ないし三日の間隔で開かれ、六時間ほどで閉じられる。そのようにして二つの世界を無理矢理繋ぐことで生じる歪みの蓄積を防ぐのだ。

おかげで昔ほど往来は簡単ではなくなった。旅行客は『門』が開くまでアルヌスや銀座での滞在を強いられる。宿泊施設が皆無だったアルヌスに、急速にホテル業が増えてきた背景にはそういう理由があった。

しかし悪いことばかりでもない。これによって人間の往来や物流の波が制限され、そこから起こる変化や軋轢が穏やかなものに留まっていたのだから。

「では、一泊で」

「かしこまりました」

ホテルマンが小僧達を手招きする。

書海亭の伝統なのか、ボーイとして様々な種族の少年達が働いていた。彼らは台車を持ってくるとプリメーラ達の旅行李《トランク》を載せる。

そしてその間に手のひらサイズの妖精が飛んできて、プリメーラとシュラを部屋へ案内していった。

「司厨長、晩の食事はどうするんだい？　ボクとしては、この土地ならではの物を試してみたいんだけど」

プリメーラ、シュラ、オー・ド・ヴィの三人は部屋に荷物を置くと身軽になった姿で再びフロントに集まった。

彼女達もせっかく異世界との接点であるアルヌスに来たからには、それなりに楽しみたいと思っているようだ。特に異文化の融合によって起こった独特の食文化には強い関心を持っているらしい。病院という施設で医療体制の手厚さをその目で見て、これならばオデットを任せても大丈夫と安堵できたからかもしれない。新・書海亭周辺に散見される様々なレストランに心を向ける余裕も出てきたようだった。

「あ、副長。どうだった？」

まるで頃合いを見計らっていたかのように、江田島が仕事を終えて戻ってきた。

シュラは江田島の姿を認めると小走りで歩み寄る。それはいつも凛々しい彼女がほんの少し娘らしく振る舞う瞬間でもあった。

「みなさんに大切なお話があります」

だが江田島は、シュラの笑みに応えることなく厳しい面持ちのまま告げた。

「まず、ご依頼の件です。医療滞在ビザが出るよう根回しは済ませました。しかし銀座側に渡るには、やはり旅券が必要です。これは必須要件です」

「まいったね」

艦長の顔つきに戻ったシュラが頭を掻いた。

ティナエは日本との間に国交を結んでいない。従って大使館も領事館もない。もし正式に旅券を整えようとしたら、一旦国に戻る必要がある。

「オディと同じ扱いを、わたくし達は受けることが出来ないのですか?」

プリメーラがシュラに囁く。シュラはそのまま江田島に尋ねた。

「あなた方三人に対する保護は、バーサ市に到着した時点で完了していると我々は考えています」

「そ、そんな……」

さらに食い下がろうとしたプリメーラをオー・ド・ヴィが止めた。

「プリメーラお嬢様……私にお任せいただけますか？」

「何かよい手があるのですか？」

オー・ド・ヴィが頷く。

それを見たシュラが、江田島に告げた。

「無理言ってすまなかったよ、副長。君のことだ、きっと最大限努力してくれたんだろう。ここから先はボク達でなんとかしなければならないことなんだね？」

「そうです。期限は明日の『門』が閉じるまでです。それまでに何とかなさってください」

江田島は珍しく突き放したような物言いをした。そして徳島やメイベルを引き連れ、新・書海亭を出ていったのだった。


「エダジマ……お前にしては、ちと手厳しいように思えるのう？」

新・書海亭を後にすると、メイベルが徳島も聞きたいと思っていたことを尋ねた。

「そうですか？」

「躬の処置を決する時、もっと手厚く助けてくれたと記憶しておるぞ」

徳島の頼みということもあったが、行き場のないメイベルがアルヌスに滞在できるようにしてくれたのは他でもない江田島だった。

もちろんそこにあるのは善意だけではない。『門』の再開通前、再三再四の妨害工作を行ってきたメイベルに、徳島という首輪をかけようという意図が江田島にはあった。とはいえそれは、仕えていた神から見捨てられた少女を冷たい牢獄に閉じ込めるような意味だけでもなかったのだ。

「あの時の貴女にはそれが必要でしたから」

江田島は前を向いて進みながら答えた。

「今のあの者らには、それが必要ではないと？」

「これくらいのことをご自身で解決できないようなら、銀座に渡らないほうがいいのです」

何かを悟ったのか、メイベルは薄くほくそ笑んだ。

「ほほう、つまりは試練ということか？」

「……」

「ふむ、否定せぬということは、あの者達が独力で解決できるか試している？　否、違うな。そもそもそれを解決する力がないのなら、お呼びでないという訳か？」

「……」

僅かなヒントで核心に迫ってくるメイベルの質問に、江田島はもうそれ以上答えることはなかった。


「ヴィ、どんな方法を思いついたんだい？」

江田島と徳島が立ち去ると、シュラとプリメーラは侍従の少年に尋ねた。

「あれをご覧ください」

オー・ド・ヴィに促されて視線を向けた先には、新・書海亭の別棟があった。そこは宴会のために作られた建物らしく、次々と馬車がやってきて身なりのよい客を降ろしていた。降り立った客達はそれぞれ挨拶を交わし、会場へと向かう。

「あそこで腹ごなしでもしろと言うのかい？」

「いえ、会場前の掲示をご覧ください」

そこには在アルヌス帝国領事館の晩餐会がこの会場で行われるという告示があった。帝国の騎士団創設の記念式典が行われているのだ。

オー・ド・ヴィは二人がそれを見たことを確認して説明を開始する。

「帝国とニホンは国交があります」

藤堂ら日本の外交官がティナエに入国できたのも、そもそも帝国の口添えがあったたからなのだ。

「それがどうしたんだい？」

「碧海の諸国のほとんどは、帝国の名目上の属国です」

シュラはそれを聞いて眉根を寄せた。

「いつの話をしてるんだい？　確かにアヴィオン国王は帝国の臣下だった。けど大陸の諸国と交易する上で必要だから、アヴィオンの王室はとりあえず形だけ帝国に臣従したに過ぎないんだ。帝国もそれは承知していたし、そもそもアヴィオンの滅亡でその関係は形骸化している」

「はい、そうです。しかし形骸化したとはいえ主従関係の破棄が宣言された訳ではありません。ならば現在もアヴィオンの王室は帝国の臣下。その最後の王女の身元を、帝国が保証したとしてもおかしくないのではありませんか？」

そこを指摘されてシュラは目を輝かせた。

「なるほど、つまりボク達の旅券を帝国に発行させようと言うんだね？」

「そうです」

そうと決まれば話は早い、早速プリメーラとシュラは帝国の関係者に協力を求めるべく宴会場に歩いていったのだった。

＊　＊

その日、アルヌスの『門』は正午に開いて、十八時に閉じられる予定だった。

『門』の開閉は毎回その時間と定められている訳ではない。時に朝開き、時に夜中に開く。法則は全くない。決まっていることは開く場所がアルヌス‐銀座間であること。『門』は常にアルヌス側から五神殿会議によって開かれるということ。そしてそのスケジュールは概ね半年前に決定されるということである。場所については、一時秋葉原に開いてしまうというイレギュラーがあったが、これは再開門にかかわった関係者の執念めいた影響を受けてのこと。それがない状態では、常に銀座なのである。

しかし『門』を開く時間が不規則というのは不便である。だが等間隔に設定したとしても、銀座側から見ると違いは大してなかったろう。というのもアルヌス側と銀座側、双方の世界は『門』を開閉する度に不規則な時間差が生じるからだ。時には何時間どころか数日という時差が発生することもある。特地では二日経っているのに、銀座側世界では三日も四日も、下手をすると何週間も経っていたということも起きた。つまり銀座側から見ると、『門』がいつ開くのかは全く予測できないのだ。

どうしてそういうことが起こるのか。その現象を学者達は水道ホースの例えを用いて説明していた。

世界をホースに例えるなら、蛇口から流れ出た水道水の、蛇口からの到達距離が時間だ。

蛇口から遠のけば遠のくほど時間は流れて未来へ向かう。蛇口から伸びたホースは地面に横たわっているが、所々蛇行したり、場所によってループしたりとでたらめな線を描いている。それが世界の状態だ。

さて蛇口を二つ用意し、ホースを二本それぞれの蛇口に装着する。一つが銀座側世界、一つがアルヌス側世界だ。そして双方に同じ量の水を同じ速度で流す。

しかしこの二本はそれぞれ蛇行の具合、曲線の描き方が違うから、並んで転がっていたとしても水の到達距離は異なる。それが二つの世界に時間差が生じる理由なのだ。

現在、学者は双方に生じる時間差を予測できないかと努力している。だが双方の世界を接続するたびにホースの蛇行具合が変化しているという提言も出て、結論が出ないままとなっていた。

この双方の世界を水道ホースに例える考え方は、面白い現象が起こる可能性を示唆していた。

それはホースがループする時、もう一方の世界を基準にすると時間が逆行するということ。つまりアルヌスで一日が経過して『門』を開いた時、銀座ではその前日という可能性もあるのだ。

実際にそういう現象が起きたことはないが、もし起きたとしたら、そして意図して起こし得るとするなら、どのようなことが引き起こされるのか、タイムパラドックスの問題も含めて様々な議論がなされている。


現在特地時間（ロンデル標準時）十六時五十七分——

『門』の通過に向け、巨大な『にししお』がユニットドーリーによってアルヌスの丘をしずしずと登っていた。麓《ふもと》から『門』のあるアルヌス駐屯地まではこれといった建物がないため、茜色の空を背景にした黒い潜水艦が運ばれていく様子は麓の街からも見ることが出来る。このペースなら閉門には間に合うだろう。山久ロジスティック株式会社の超重量物輸送部門は、政府の注文に見事応えることでその技術力の高さを証明したのである。

さてアルヌスの丘については現在、頂付近にあるドームとその周辺に関しては『門』を管理する五神殿会議に移管されていた。おかげでその雰囲気は自衛隊の駐屯地内というよりも地方の自衛隊と民間の旅客機が発着する空港に似ていた。国内に数ヶ所ある自衛隊と民間で共同運用される飛行場のそれを参考にしたからだ。

実際、滑走路の代わりに『門』があるというだけで、行き来する人間や荷物に対するチェックは国際空港のそれがそのまま行われている。当然、空港で言うところの手荷物検査場もあり旅行者達はその前に行列を作っていた。

並んでいるのは特地の様々な種族の人間達、そしてスーツ姿の日本人、あるいは外国人と思しき者達だ。係員達の誘導で旅行者達は大きな荷物を預ける。そして自分の手荷物をX線検査機のベルトコンベアに載せていた。

同じ日本国内の移動なのに何故そのような検査を受けなくてはならないのかというと、アルヌス州は日本領とはいえ、日本の各種法律がそのまま適用されてはいないからだ。

例えば銃砲刀剣類所持等取締法。

危険な害獣の徘徊する特地で、日本の規制をそのまま施行したら住民達は無防備になってしまう。先住民文化保護条約の精神にも反する。そのためアルヌスだけは規制が緩和され各種の刀剣、弓弩《きゅうど》の公然携行が認められているのである（隠すことは、かえって禁じられている）。

ここでの荷物の検査は、特地で認められているそれらの品々が銀座側に持ち込まれることを防ぐためなのだ。

十七時を報せる時報が鳴った。

『締め切りまであと一時間となりました。本日中に通関を希望される方は、お早めに手荷物検査をお済ませください。ただ今の東京時間は二〇××年一月十四日二十三時二十四分です』

銀座側の日本が現在冬で、しかも深夜であることを確認した徳島は、『門』を覆っているドームの入り口に目を向けた。

「プリメーラさん達、間に合いますかねえ」

徳島は、入り口を注視して三人が姿を現すのを今か今かと待っていた。

江田島とともに海上自衛隊の黒い冬制服をまとって、旅行者の列に混ざらず一歩引いた位置に立っている。そしてメイベルの姿もその傍らにあった。

「ハジメ、そろそろ落ち着いてはどうじゃ？　お前が慌てたところでどうなるものでもないであろう？」

「そりゃそうだけどさ。でもあと一時間しかないんだよ。やっぱり旅券の手配が出来なかったのかな？」

すると江田島が腕時計を見ながら言った。

「それならばそのほうがいいんです」

「統括は、やっぱり来ないほうがいいと思ってるんですか？」

「ええ、今でもそう思っていますよ」

「じゃあなんで待ってるんです？」

「待つと約束してしまいましたからねえ」

江田島はチラリとドーム入り口に目を向けて嘯いた。

「でも統括、気付いてましたか？」

「何をですか？」

「あと一時間も待ったら、向こうじゃ電車もバスも確実に終わっている時間だってことです」

するとと江田島は自らの額に手を当てた。

「しまった！　私としたことが迂闊でした。私は住まいが市ヶ谷にありますのでタクシーで何とかなりますが、君達は大変でしょうね？　よかったら私の住まいに参りませんか？」

「いえ、大丈夫です。兄貴を頼ります」

「でも君の実家は函館では？」

「兄貴が赤坂にレストランの支店を出してましして。おかげでいざとなった時、泊まる場所はあるって訳です」

「メイベルさんも付いていかれるんですか？」

「無論じゃ。ハジメのある所が躬のいるべき場所なのだからのう。本来ならそのアヴィオンとやらにだって付いていきたかったたくらいなのじゃ」

部外者を任務に同行させられる訳がない。現地協力者という名目ならそれも可能なのだがケミィ達がいる以上そういう訳にはいかないのだ。

「仕方ありませんねえ。けど、徳島君もいいんですか？」

「ええ」

「なら問題はありませんね」

「けど問題は躬ではなく、あの者達が約束の刻限に間に合った時のことではないのか？その後のことをお前達は考えておるのか？」

「あ……」

再び江田島は額に手を当てた。

「深夜だとなかなかホテルの確保も難しいですし、統括。どうしますか？」

『門』が開いてから五時間。今頃多くの渡門客が銀座周辺の宿泊施設に殺到しているに違いない。閉門間際に向こうに渡って泊まれる部屋が見つかるとはとても思えない。電車が動く時間が来るまで、深夜営業の喫茶店やファミリーレストランで時を過ごすしかなくなるのだ。当然、徳島か江田島のどちらかが付き添う必要がある。

「参りましたね。ますます彼女達は来ないほうがいいという気持ちが強くなりました」

江田島は無責任にもその後の措置を考えることを放棄した。彼女達が来なければよいと現実逃避に走ったのであった。


時計の針はいよいよ十七時四十分を回った。

三人を待つ徳島達の目前を『にししお』の巨体がゆっくりと進んでいく。『門』を潜って銀座へと向かっていこうとしているのだ。

「ほえ――こうして見ると、何とも凄まじい光景じゃのう」

自分の身長以上の大きさがあるタイヤがコンクリートの大地を進んでいく。

その上に台車があり、さらに黒くて巨大な潜水艦の艦体が載せられている。

その光景を背中が折れんばかりに身体を反らして見上げるメイベルが驚嘆の声を上げた。

「まるで陸を往く船のようじゃ。これに乗ったら世界を旅するのも快適なことじゃろうな」

「陸を往く船――陸上戦艦ですか？　妄想の産物ではありますが、確かにロマンは感じますねえ。特地なら大草原や砂の海をすすむ船もアリですからねえ」

江田島もその光景を思い描いたのか頷いた。

「しかしこんなデカ物、向こうに持って帰ってどうするんじゃ？　これほどでかいとギンザの摩天楼《まてんろう》の中ではあちこち引っかかって動かしようがなかろうに？」

「あの道路で右折や左折をしようとすれば、確かにビルにぶつかってしまいます。しかし築地を目指すなら銀座からは一本道。曲がる必要はまったくありません。そして築地市場は豊洲に移転しましたので今は大きな広場のままとなっています。この『にししお』はそこで向きを変えて、東京湾に降ろされる訳です。あとは横須賀のドックに運ぶだけです」

「ふむ、そういうことか？」

「はい。実を言うと『きたしお』はこの逆を辿って特地に運ばれたんですよ」

その時、ドーム内にアナウンスが流れた。

『ご案内いたします。本日の閉門時間まであと十分となりました。本日中に通関を希望される方は、閉門五分前までに手荷物検査をお済ませください。ご案内いたします。閉門まであと十分です。通関ご希望の方は五分前までに手荷物検査をお済ませください』

「通関締め切りまであと五分。彼女達は結局やってこず……か」

徳島は腕時計を見た。すると江田島は軽く微笑んで頷く。

「どうやら彼女達には旅券を手に入れることは出来なかったようですね。致し方ありません。我々だけで参ることにいたしましょう」

「そうじゃな」

江田島とメイベルはそう言うと、床に置いた荷物を肩に掛けた。だが徳島だけが動かずドームの入り口を見つめていた。

「どうしたハジメ。参らぬのか？」

「でも、ギリギリまで待ったほうが」

「もう時間ギリギリであろ？　あの者達は試しを超えられなかったのじゃ」

「けど……」

歯切れの悪い徳島を見てメイベルは嘆息した。

「徳島は誰にも彼にも情けをかけようとするがよくない癖じゃぞ。それともあの二人のどっちかに気があるのかや？　まさか、小生意気そうな小僧を気にかけているのではあるまいの!?」

「違うよ、メイベル。ただ俺は、このままだとどんな顔をしてオデットに会ったらいいか分からないだけなんだ」

「オデット？　その娘がどうした？」

徳島は海で起きた出来事を簡単にメイベルに告げた。

「とても彼女と顔を合わせられそうになくって」

「ならば、その鳥女に会わなければよいだけではないのかのう？」

「まさか⁉　遠くに離れているならまだしも、同じ東京にいるのに見舞いに行かない訳にはいかないだろ？」

「……」

真顔で言う徳島を見て、メイベルは江田島と顔を見合わせた。

どうやらこの男、事故か何かの加害者の気分になっているらしい。おそらく桃色の髪の生き物に詰《なじ》られたからに違いない。

「なるほど。つまりお前は鳥女に詰《なじ》られるかもと恐れているのじゃな？」

徳島はプリメーラから浴びせられた冷たい視線を思い返した。メイベルが言うように、徳島はオデットからもそういう目で見られるのではないかと恐れているのだ。

「だから矢弾《やだま》除けが欲しいのじゃな？」

「へたれと笑ってくれてもいいよ」

徳島が、彼女達が銀座に行ければと願うのは、それが少しでも罪滅ぼしになると思ってのことなのだ。

そのことを自覚している徳島は自嘲気味に昏《くら》く笑い、メイベルはその陰りに不愉快さを感じた。

今の彼女には心臓がないから、胸が高鳴るとか、締め付けられるとか、そういう情動を体感することがない。いつだって文字通り胸に穿たれた空洞に流れこむ冷たい風を感じるだけだ。

しかし胃の腑はあるし、頭もある。腸《はらわた》が煮えくりかえり、頭にくるという不愉快な情緒はしかと存在する。故に、失った心臓の虚ろを暖かさで埋めてくれる徳島を貶《おとし》めるものに対する憤りは、人一倍感じていた。

「分かった。お前がそういう考えなら、この躬も手伝ってやらねばなあ」

メイベルの考えでは、被保護者たる自分は徳島に苦痛を味わわせた人間に対する復讐権がある。徳島が望まなくとも、否、望まないからこそ自らが代わってそれを行使しなければならない。

その時だった。

ドームの入り口からプリメーラとシュラ、そしてオー・ド・ヴィがやってくるのが見えた。三人とも時間がないのを知っているのか慌てふためいている。

時計はまさに、手続き終了時間丁度を示していた。

08

銀座とアルヌスとを繋ぐ『門』が閉じられようとしている。

そこにいるのは五神殿会議の巫女達だ。

巫女達の中心には銀髪の魔導師の姿がある。みんな彼女を取り囲むように儀式を行っているのだ。

彼女達がそれぞれ仕える神に祈りを捧げていると少しずつ『門』が小さくなっていく。

いやその声は、祈りというより不協和音のうねりと言うべきだろう。神秘的な独特の響きがドーム内を満たしている。

「いつ聞いても荘厳だよねえ」

その様子を銀座側から見ている徳島はメイベルに呟いた。

「アレは虚仮威《こけおど》しじゃ。そんなことはお前も知っておるじゃろ？」

「もちろんだよ。でもそのことは極秘だからね」

「分かっておる。あそこにいる魔導師が、ハーディから神力を被《かず》け物として賜った本人ではなく、ただのそっくりさんの替え玉じゃということ、あの儀式に何の意味もなく、ただ『門』を開くには膨大な手間と大仕掛けが必要だと周囲に思わせるためのものということも、内緒じゃということは身に染みて承知しておる。一言でも他者に漏らせば見た目も腹の中も真っ黒な彼奴に八つ裂きにされてしまうからのう。じゃが、お前はそれを知っていながらどうしてその都度感心できるのじゃ？」

「そりゃ、いい歌だって思うからだよ」

徳島はそう囁いた。

この男はこれを儀式というよりは、ちょっとした合唱団のコンサートとして聞いているのだ。そう思って聞けば、彼女達の声は実に美しく耳心地が好い。

やがて門柱の中に浮かんだ『門』が小さくなっていった。それと同時に向こう側から聞こえてくる合唱の音色も遠くなっていく。

そうして『門』は、人の頭サイズに、さらに小さな点となり、最後には消えた。

瞬間、二つの世界は震度二、三程度の小さな地震に見舞われた。

だがそれもすぐに収まる。ドームに勤めている職員も旅行客も、いつものことだと承知しているため誰も気に留めていない。

するとドーム内のスピーカーからアナウンスが流れた。

『銀座ドームよりご案内します。銀座側、特地側世界はただいま無事に分離いたしました。アルヌスからの渡門客のみなさま、いらっしゃいませ、そしてお帰りなさい。銀座時間はただいま零時四十分です。二世界対応モデルの時計をお持ちの方は時刻を銀座側モードに合わせてください』

初期の頃は、毎日毎日時計の針をいちいち進めたりして時刻調整を行わなくてはならなかった。だが最近の腕時計には二世界対応モードがあり、銀座側世界と特地世界の二つの時間を表示できるようになっている。電波時計から情報を拾って現在の日時、時刻にあっという間に合わせてくれるのだ。

ドームを出た彼らを迎えたのは、一月の冬の冷たい空気と深夜の銀座の街並みであった。

「うわ……」

「凄いです」

「なんという……見事な」

シュラ、プリメーラ、オー・ド・ヴィは黒い夜空を背景に、明かりの灯る巨大ビル群の景観に溜め息をついた。

冷たい空気に吐く息が、玉のような形を描いたので傍目にもそれが分かった。

その驚く様子を見た徳島は、もしこれがイルミネーションをちりばめたクリスマスシーズンだったらどんなことになるだろうと思った。

「では、参りましょう」

江田島は表示の変わった時計を見て嘆息した。徳島に予言されていたが、今から駅に向かったところで地下鉄もＪＲも終わっている頃合いだ。

「で、どこに行きますか？　統括」

「実を言うと、私は困り果てています。私の部屋はこれほどの人数を迎えられるようには出来てませんので」

「やっぱりそうですか」

江田島が独り身であることにかこつけて、身の回りを趣味の物で溢れかえさせているだろうことはその人柄から見れば予想のつくことであった。

「兄貴のマンションもさすがにこれだけの人数となると無理です。どうでしょう、とりあえず深夜営業のレストランで時間を潰しては？」

「でも彼女達、あの格好ですからねえ」

江田島はプリメーラ達を顎で示した。

江田島と徳島はコートの襟をしっかりと合わせてなんとか寒さを凌ぐことも出来る。メイベルも初めてではないので心得ていて、分厚い毛糸で出来たフード付き防寒ポンチョをまとって襟を立てていた。

だがプリメーラ達は違った。

彼女達は旅券の手配にしか気が回っていなかったため、温暖なアルヌスでの服装のままだったのだ。おかげで一度ドームの外に出て冷たい空気の洗礼を浴びると、たちまち中へと逃げ戻ってしまった。あの様子では、冬の銀座で深夜営業の店を探して歩くなどとても不可能だろう。

見れば既にドームの中からは渡門客の影は失せてスタッフと警備員の姿だけ。終電後の駅のごとくいずれ締め出されるのは時間の問題であった。

「仕方ない」

徳島はそう言うとスマートフォンを取り出した。

「何かアイデアがあるんですか？」

「はい。このままここにいるよりは遥かにマシです」

徳島はどこかと連絡をとった。そしてプリメーラ達に声を掛けると、ドーム前の停車場でタクシー二台に分乗した。

「どこに行くんだい？」

シュラに問われて徳島は答える。

「このままここに居残っているよりはマシなところです。あまり期待しないでくださいね」

＊　＊

新木場《しんきば》のマリーナで降ろされたプリメーラ達は、吹きすさぶ冷たい風に震えながらも夜の海の景色に目を奪われた。

そこから見える海面は、ビル群の明かりが反射して星空のようだった。

そして徳島に案内されて向かった先には、純白のカタマランが桟橋に繋がれていた。カタマランとは双胴船のことだ。

「こ、これは？」

マリーナに入ってからあたりを埋め尽くす船艇に目を奪われていたシュラは、それを見て惚れ惚れとした表情になった。

「これは、ヨットですね」

江田島が答えた。

「よっと？」

「はい。日本ではヨットという言葉は、帆走するスポーツ用の船という意味で用いられます。しかし元来は『豪華な遊び船』という意味。日本では同様の言い換え現象がよく起きます。例えば海外ではアパートと称されるべき不動産の呼称に、『豪邸』を意味するマンションという言葉があてられたりするように。しかしながらこれは紛れもなくヨットです」

そのカタマランは白いＦＲＰ製で、船体は長さ四〇フィート（十二メートル）。三角帆を用いて帆走できるように帆柱も立っている。もちろんエンジンも搭載されている。

「徳島君、これは？　これもお兄さんの船なのですか？」

誰に断ることもなく桟橋とカタマランを陸電機のケーブルで繋いた徳島は、中に乗り込むと暖房と明かりを灯した。そして全てを終えると皆に乗り込むよう告げた。

「俺の親父は、実に厄介な気性の持ち主でして、やりたいことがあったら反対はしないから好きにしろ。ただし資金も人材もコネも全て自分で獲得しろ。一切手を貸さない。保証人にもならないって言うんです。そこで函館から東京進出を目論んだ兄貴は、最初に、若い女の子を東京湾の夜景でロマンチックな気分にさせてどうにかしたいスケベな金持ち向けに、夜景と食事を供する会社を興しました。このマリーンジェム号で財布の厚い顧客と開店資金をしっかり掴んでから、赤坂に進出したって訳です」

それを聞いて江田島は苦笑した。徳島が自衛隊に入ると言い出した時、家族に反対されたエピソードを思い出したのだ。好きにしろと言いながら反対したということは、徳島の選択は父親にとってそれほど想定外だったのだろう。

「だとすると、この船は今でも使われているのでは？」

「はい。ですからメンテナンスも管理もバッチリされてます。ただ、さすがに冬の東京湾に出たいという酔狂な人間は釣り人くらいですからね。この時期は毎年開店休業中って訳です」

「確かにそうでしょうねえ」

徳島の説明を聞いて遠慮は不要と理解した江田島は、早速船内の探検を始めた。

このカタマラン『マリーンジェム号』は、双胴の中央上部にギャレー（厨房）とリビングを兼ねたサロンスペースがある。そして後部デッキにはテーブルが置かれ、暖かい季節にはそこで食事がとれるようになっていた。

沖に出れば、海風の涼しさと料理、そして海の景色を同時に楽しむことが出来るという訳だ。あるいは水の綺麗な海域ではダイビングをするための足場にもなってくれる。

左右の船体内部には、中央のサロンから降りていけた。狭い階段を下ると、前後それぞれにキャビンがある。つまりこのヨットには四つの部屋があるという訳だ。

キャビンを覗き込めば、部屋いっぱいにダブルサイズのベッドが置かれている。洗面所もシャワーもトイレも完備されていて、バスタブはないがホテルのような快適さだ。

「いい設備ばかりですね？　手入れもしっかりされています」

江田島はコクピットに設置された各種の装置――レーダーや船舶無線、ＧＰＳ海図等――をいじくってその機能を確認しつつ言った。それらの多くはサロン内でも操作可能だ。

「もともと中古なんですが、人目を気にしないといけない芸能人とか企業経営者とか、その手の客に利用していただくために、兄貴も設備に相当張り込んでましたよ」

「中古でも、お高かったんでしょう？」

江田島もこんな船が欲しいと思ったのか、それとなく値段を尋ねてきた。

「都心の高級マンションが一戸分といったところでしょうか？　でもラグジュアリーな

レストラン業を行うなら必要な投資です」

「高級マンション一戸分……ですか」

江田島ならば手の届かない額ではない。だが『貯蓄と退職金を全て張り込むほどの無理をすれば』という一言が付く。船には維持費もかかるからそれが悩ましい。

「君もその会社の運営に関わっていたのですか？」

「高校生の頃の俺にとって、夏休みとは家族の仕事の手伝いに駆り出される毎日のことです。兄貴がキャプテン兼シェフ兼ソムリエ。俺がクルー兼スーシェフ兼ギャルソン。この船の顧客は秘密厳守だったので、兄貴もクルーを家族だけで固めたんです」

その時、内部の探検を終えたシュラがやってきた。

「司厨長！　こっちに滞在している間、これを使わせてもらっていいのかい？」

「兄貴には俺から連絡しておきます。さすがに無料って訳にはいかないでしょうけど、出来る限り安くするよう言っておきます」

「なら、さっそく部屋割りと行こう。プリム、君はボクと一緒でいいね？」

異世界の船に乗れたことが嬉しいのか、シュラは喜び勇んでプリメーラを右舷側のキャビンに引っ張っていったのだった。

二人が引っ込むと、オー・ド・ヴィがやってきて囁いた。

「助かります、司厨長。バーサの商人から相応の資金は借りられたのですが、こちらへの滞在にどれほど費用がかかるか分からなかったので節約したかったのです」

財布を預かる侍従としては、金勘定に無頓着な二人が悩みの種のようであった。


マリーンジェム号——異世界の帆艇のベッドは実に快適であった。

プリメーラの肢体を深々と呑み込むように受け止めつつ、彼女の体型に合わせて程よい反発がある。おかげでプリメーラは船の上だということも忘れ、夢すら見ずに久方ぶりに熟睡していた。

やがて天井部分の細い窓から陽の光が飛び込んできて、瞼越しに眩しさを感じる。

深い海の底で漂うような眠りから、プリメーラはゆっくりと浮かび上がった。

「ん……ここは？」

瞼を開いてみると見慣れない真っ白な天井。プリメーラは自分がどこにいるのか一瞬戸惑ったが、すぐにここが『門』を越えた異世界であり、異世界の帆艇内だと思い出した。

「シュラ？」

隣を見ると、いつもそこにいるはずの彼女の姿はない。

プリメーラはあの日以来、侯爵公子の乗った艦が沈没する光景、血塗れになったオデットが海に呑み込まれていく光景、そして自分が海に引きずり込まれていく光景を繰り返し夢に見ていた。シュラはそんなプリメーラが叫びながら飛び起きてパニックに陥ることがないよう、いつも添い寝してくれていたのだ。

プリメーラはゆっくりベッドから起き出すと床に立つ。

そして窓から見える海、少し離れたところに並ぶビル群が動いて見えることに気付いた。この船はどうやら航海中のようだ。

いったいどこに行こうとしているのか。気になったプリメーラはとりあえず身支度を済ませると部屋を出た。

短い階段を上がるとサロンがある。見るとそこのソファーで蒼髪の少女が寛《くつろ》いでいた。

「ようやく起きてきたようじゃな？　プリメーラとやら。いつまで眠っているのかと、そろそろ起こしに行こうと考えていたところじゃったぞ」

「……」

突然話しかけられてもコミュ障のプリメーラはどぎまぎするだけで答えられない。自称亜神の少女にぺこりと頭を下げ、気を悪くされないように、無視していないことを示すのが精一杯であった。

「なんとも無愛想な奴よのう」

それでも愛想がないと言われてしまった。しかしその程度いつものことである。

「あ、プリムー、おはよう！」

その時、くぐもった声が耳に入った。

振り返ると、後部の透明な板で出来た壁の――ガラスというらしいが――すぐ外にシュラがいた。彼女の意気揚々とした声は実に嬉しそうであった。

「どうしたの？」

ここにいたのかという思いで、プリメーラはガラスで出来た戸をスライドさせて後部デッキへ出る。すると冷たい海風が、たちまちプリメーラの肌を突き刺す。プリメーラは慌ててサロンにとって返し、戸を閉じた。そして自分の首が通るだけ細い隙間を開けてそこから顔だけを外に出す。

「さ、寒い。シュラは平気なんですか？」

「寒さなんて感じている暇はないよ！　だってプリム、やっと舵を握らせてもらえたんだよ！」

後部のテラスの脇にはコクピットがあり、シュラはそこで舵を握っていた。

ホイール状の舵輪は、アヴィオンの海の船にはない。ではどうしているかと言えば、甲板下の操舵室で舵柄を操作して針路を変えている。シュラはそのことを常々不便に感じていて、なんとかならないものかと事あるごとに話していたのだ。だが保守的な海の男達は『枯れた技術』を好むため改良策を検討しようともしなかったのである。

それだけに、シュラにはこれが画期的な発明品に思えたらしい。

「これなら帆艇を操る時みたく、風の様子や帆の様子を見ながら舵を操作できるんだよ。向こうに戻ったら、早速造船所の船匠に言ってみようと思う」

見上げれば、カタマランは帆をいっぱいに広げて風を受けている。

双胴船の船首は、海面を斬りながら左右に引き波を起こしていた。

向かい風を受けて進んでいることもあり、真っ向から風を浴びてシュラの短い髪が翻り、爽快な速度で進んでいるように感じられた。

「一体、どういう風の吹き回しですか？　これまでシュラが何度頼んでも冷たくはね除けるだけでしたのに」

プリメーラはシュラの傍らに居た徳島に尋ねた。

これまでシュラは、潜水艦『きたしお』、そして海上自衛隊の交通艇でも、何度も舵を握らせて欲しいと頼んでいた。しかし徳島や江田島は冷たくダメだとはね除け続けたのだ。

徳島は振り返って答えた。

「帆走中のヨットは、免許がなくても操作できるからだよ」

徳島はシュラの傍らから手を伸ばし、彼女に操作のコツを伝えていた。

「ここは、ヨットの訓練海域でもありますので、心置きなく帆走できるんですよ！」

そこに江田島の声も加わった。見ればクルーとしてジブセイルの側に立っている。

「タッキング！」

江田島が周辺に船が居ないことを確認すると号令した。

「ヨーソロー」

するとシュラが、ぐいっと風上へ舵を切る。

船はあたかもその場でくるっと向きを変えるかのように舳先を風上に向けた。そして一瞬風を真っ向から受け、それを越えた直後に帆が裏返る。

その瞬間、江田島がジブセイルのシートを緩める。そして帆の角度を変え、今度は風をしっかりと受け止めるためシートを引き絞っていく。

徳島も風の向きが変わった瞬間、右から左へとビームが振れるのを見てシートを引き絞った。

「いいぞ、二人とも！　よくやった」

シュラはあたかも艦長のようにクルーを褒めた。

その生き生きとした表情を見たプリメーラは、自分も晴れやかな気持ちになるのを感じた。

「よかったわね」

水を得た魚という言葉を思い出したプリメーラは、サロンの扉を閉めた。

だがその時、僅かながらも寂しさを感じた。シュラが、大事な友達が、彼女が何よりも愛して止まない船を餌に、徳島や江田島に奪われてしまったように思えたのだ。特に気に入らなかったのは、徳島とシュラの距離が微妙に近すぎたことか。二人の息が、何故かぴったり合っているように見えたのだ。

もちろんそんなものが妄想に過ぎないことは分かっている。

そもそもシュラを自分に縛り付けることなど出来るはずもないし、望んでもない。しかし理性を超えた感情の部分で、どうしようもなく嫉妬を感じてしまう自分がいたのである。

馴染みのものが何もない異世界で、頼りになるのはシュラしかいないという状況がそうさせているのかもしれない。

「わたくしってダメね。もっとしっかりしないと」

プリメーラは手櫛で長い髪を掻き揚げると、意識を切り替えて振り返った。

するといつの間にか、テーブルには食事の支度がなされていた。

傍らではメイベルがソファーに上体を預け、窓から見える海岸の景色を眺めている。

そしてオー・ド・ヴィはギャレーで食器を洗っていた。

「おはようございます、プリメーラお嬢様」

食卓に一人分の支度しか成されていないところを見ると、シュラや徳島達の食事は既に終わったのだろう。

「おはよう、オー・ド・ヴィ」

相変わらず少年の顔をまっすぐ見ることが出来ず、若干顔を伏せて返事をする。そういえばこの少年がいてくれたなと今更のように思い出した。

「お嬢様、朝食を召し上がってください。エダジマ副長からもうじき桟橋に船を着けると言われています。そうしたら上陸してオデット様のところに参ります」

先々のことまでしっかり考えてくれているこの少年は随分と頼りになる。

「オデットのところ？ 病院とかいうところかしら？」

「はい。いつでも出かけられるようご支度を済ませておいて欲しいということでした」

「そう。なら急がないとね……」

プリメーラは食卓に向かうと、食事を取り始めた。

「美味しい……」

「そりゃ、司厨長の作った食事ですから」

その名を聞いた途端、不愉快な気分になった。美味しいはずの食事の味が、途端に半減してしまったように感じられたのである。

＊　＊

シュラは心行くまでマリーンジェム号を操った。

だが途中からは徳島が交代して舵を握った。埋め立て地の隙間を縦横に走る運河を進むには、機走《きそう》で進まないといけないからだ。

徳島はゆっくり船を進め竹芝にある桟橋に接岸した。そこは彼の兄が契約しているマリーナの一つで、船を係留することが出来る。そこから上陸して、地下鉄に乗るのである。もちろん冬の寒い中だ、プリメーラとシュラ、オー・ド・ヴィにはダウンコートを着せた。

これらは全てマリーンジェムの来客用に用意してあったものだ。海では突然天候が変わり、気温が下がることもあるためこうした備えは欠かせないのだ。デザインはみんな同じになってしまうがそこは我慢してもらうしかない。

「凄い都市だね」

特地からの客達は夜の銀座に驚嘆していたが、昼の東京にも目を丸くしていた。ティナエの規模を遥かに超える街並みと人口に驚いたようであった。

「帝国が圧倒されたというのもこれを見れば分かる話だよ」

いささか傾きかけているとはいえ、ティナエの首都ナスタはアヴィオン随一の海運都市である。その自負に支えられていた彼女達の誇りはたちまち萎んでしまった。

そして地下に潜りそこを走る列車に乗せられると、二人とももはや言葉すら出なくなっていた。自分達はとんでもない田舎から出てきたのだと今更理解したのだ。

大勢の人間が乗る地下鉄車内では、何かの許容量を超えてしまったらしいシュラとプリメーラが、互いに抱き合うように立っていた。そんな中、ヴィ少年だけは唯一、何かに目覚めたかのごとく周囲を見渡し、全てを目に焼き付けようとしていた。

「そういえば、メイベルは平気なんだね？」

ふと思い出したように徳島がメイベルに問いかける。

「どういうことじゃ？」

「以前、こちらに来たとある亜神は、他の神の領域だからと地下鉄に乗っていることを随分と嫌がったそうです。貴女は大丈夫なのですか？」

江田島が追加した。

「あの黒い奴のことじゃな？　彼奴と違って躬は背教者じゃ。今更他の神の領域を侵犯することなど気にしたりはせぬのじゃよ」

「縄張りを侵犯したと咎められることもない？」

「今の躬が何にも属さぬということはどの神も知っておる。そのようなはぐれ者がすることを、いちいち咎め立てるほど暇な神はおらんってことじゃな」

メイベルはニヤリと笑いながら言ったのだった。

一行はそのまま用賀の自衛隊中央病院に赴いた。

「私はこれから知り合いに会ってきます。後のことは君に任せますからね」

「黒川艦長ですか？　よろしく伝えてください。後で俺も見舞いに行きますので、と」

徳島はそう言って江田島と別れた。そして受付でオデットの病室番号を尋ね、病棟へ向かった。

「ここだね……」

プリメーラとシュラがゆっくり扉を開ける。そしてベッドに腰を掛けている病衣のオデットとその傍らに置いた椅子に座るジャージ姿のアマレットを見た途端、中へ飛び込んでいった。

「オディ！」

「あ、プリム！」

こうして四人は久々に揃うこととなった。

「無事だったのね！」

プリメーラは喜びのあまりいつになく大きな声を上げオデットを抱きしめた。

オデットはしばしプリメーラの好きにさせていたが、次第に顔色を赤くして仕舞いには救いを求めるように喘ぎ出した。

「ぐぐぐぐ、ぶじ、無事だったけど……このままでは、無事……なくなるかもしれない。く、くるしい……のだ。プリム、助け……て」

あまりに強くプリメーラが抱きついたため、息が出来ないようである。

「あ、ご、ごめんなさい」

プリメーラは腕を緩めてオデットを少しばかり解放した。ようやく呼吸を取り戻したオデットがぜいはぜいはと繰り返す。

「お嬢様」

傍らに控えていたアマレットがおずおずと声を掛けた。プリメーラはオデットを抱きしめたまま振り返った。

「アマレットもありがとう。貴女のおかげよ」

「いいえ、わたくしのしたことなど大したことはありません。ずっと傍にいただけですし」

「アマレットは凄いのだ。こっちの人間と堂々と交渉していたのだ」

「いいえ、言葉の通じる女性が数名いましたので」

「でも、アマレット。君でなければやっぱり上手くいかなかったと思うよ」

シュラはアマレットに尋ねた。

「で、オディの具合はどうなんだい？」

「縫い傷は無事に繋がって、糸も抜き終わりました。ただ、りはびり？　という訓練については、最低でもふた月ほどかかるだろうということです」

「ふた月も？」

「えっ……オディの具合はそんなに悪いのですか？」

心配するプリメーラ。

「いえ、違います。怪我自体の経過はよいそうです。生活できるようにする訓練も、オデット様は翼があるので、人より早く済むだろうとのことです」

日常生活能力を取り戻すため、立ち上がる、ベッドから車椅子に乗り移る、床から段差のあるベッドによじ登る、トイレに入るといった動作が出来るようにならなければならない。幸いにして翼皇種《アヴィ》のオデットは翼があるので、その助けでほとんどの動作はクリア出来るのだ。

しかしながら翼人種独特の問題もある。下腿の下三分の一以下を失って重心が狂ったため飛行が上手く出来ないのだ。それを補う訓練が必要になるという。

「そうなの？」

「はい。故にふた月というのも目安であり、実際のところ確約は出来ないそうです」

現在整形外科の医師と、理学療法士と、義肢装具士が今後の方針を立てるため日夜カンファレンスを重ねているという。

「技師？　よく分からないけど、それがオデットに必要なことならありがたいことだわ」

「けどふた月とは困ったね。滞在するには長いし、一旦ティナエに戻って出直してくるには短すぎる」

自分達の力でアルヌスからティナエに戻るには、バーサで船を探さないといけない。バーサは比較的大きな港町だったが、アヴィオンに向かう船とスムーズに行き合えるとは限らない。何日も船の到着を待つ必要があるかもしれない。そういったタイムロスを考えると、片道に最低一ヶ月はかかると見たほうがいい。

ティナエに戻ったら戻ったで、海賊の跳梁《ちょうりょう》するティナエから再びバーサへ渡航するという難事が待ち構えている。行きや帰りに海賊と遭遇するリスクなどを考えると、かえって帰らないほうがいいのかもしれないのだ。

そこまで考えたシュラはプリメーラに囁いた。

「ちょっといいかい？」

「なんですか？」

「これからのことで相談があるんだ」

シュラはプリメーラとアマレットを集めて病室を出た。もちろんオー・ド・ヴィも続く。そしてオデットのリハビリが終了するまで自分達はどうすべきか、今後の方針を検討する話し合いを始めたのである。

一方、徳島はオデットと向かい合っていた。

「……オディ」

「ハジメ……」

徳島は名を呼ぶだけで、続く言葉がなかなか出てこなかった。

オデットの足を切り落とした張本人である自分が、どんな言葉をかけるべきか思いつかなかったのだ。「無事でよかったね」なんてまるで人ごとのようだし、入院している患者に「元気そうだ」も変である。「どんな調子？」と尋ねてもよい返事が戻ってくることが想像できない。何をどう口にしても、酷いことになりそうに思えて仕方がなかった。

「ハジメ」

徳島が迷い、逡巡し、躊躇っていると、オデットのほうから口を開いた。

「え、な、なに？」

「ハジメには申し訳なかったのだ」

オデットはそう言って深々と頭を下げた。

「ど、どうしてオディが謝るのさ。俺のほうこそ、痛い思いをさせてしまって……」

「おかげで私は生きていられる。全てはあの時、躊躇わないでいてくれたハジメのおかげなのだ。ありがとう。ほ、本当にありがとう……なのだ」

オデットは絞るように言うと落涙《らくるい》した。白いシーツに、涙のシミが二つ三つと広がっていく。

「お礼なんて……」

「ううん、お礼だけじゃとても足りない。ハ、ハジメには、とても酷いことをさせてしまったから。あの時、私はどうしても助かりたくて、けど自分ではとても出来そうになくて、それをハジメが代わってくれた。ハジメにとってはとても不愉快なことだったと思う。か、勘弁して欲しいのだ」

オデットはそう言うと、自分からは近付けないため徳島の手を手繰り寄せ、その胴にしがみついた。

「オ、オディ？」

「怖かった……怖かったのだ！　あの時のことは、今でも何度も何度も夢に見てしまう。足に食いつかれて、海に引きずり込まれて、ああ、これで終わるって思う。けど、いつもハジメが手を差し伸べてくれて目が覚めるのだ」

胸に感じるオデットの熱い感触を味わっている内に、徳島も自分の目尻が熱を帯びてくるのを感じた。下手をすると自分のしたことを罵《ののし》られるかもしれないと思っていただけに、思わず与えられた感謝の言葉に胸が熱くなったのだ。プリメーラに罵られて以来、ずうっと抱いていた不安が一気に吹き飛んだ瞬間であった。

「よかった、本当によかった。オデットが助かって本当によかった」

徳島はオデットの小さな身体を抱きしめてそう言った。

「本当にそう思ってくれるか？」

「もちろん」

「ならハジメに頼みがあるのだ」

オデットは徳島の胸に顔を埋めて言った。

「なんだい、何でも言ってよ」

そして罪悪感から解放された徳島も、この時オデットの頼みなら何でも叶えてあげたい気分になっていた。

「…………」

「ん、どうしたの？」

「……」

「もしもし？」

だがオデットは、頼みとやらをなかなか口にしなかった。徳島がしばらく待っていると、ようやく口を開いた。

「ハジメの……子供が……産みたい。よかったら、ここで仕込んで欲しい」

オデットが耳を真っ赤にして（顔は残念ながら徳島の胸に押しつけられていて見えない）告げた言葉に、時が止まった。

「ちょっと待て！」

するとその時、面白くなさそうな表情をしつつも黙って見守っていたメイベルが、ついに二人の間に割って入ったのだった。

＊　＊

病院というのは、人の生き死にに関わる場である。そのためその廊下や待合室では、時として深刻な話が交わされる。命や、仕事や、お金といった人間の一生涯に関わる重要な問題が、ちょっとした立ち話の形で相談され、時として決定されることもある。だから傍らを行き来する看護師達も、多少往来の邪魔に感じることはあっても極力そっとしておくのである。

「では、プリムはオデットのリハビリが終わるまで、ここに滞在したいって言うんだね？」

シュラはプリメーラの意見をそのようにまとめた。

「オデットをここに一人だけおいてくなんて出来ないもの」

見知った者同士の会話だが、病棟内の他の患者やその家族を意識してかプリメーラの声は小さく低くなっていた。

「ボクとしてはみんなでバーサまで一旦退却することを提案するよ」

「バーサに？」

「ティナエに帰ることも考えたけど、また来るなら、道中海賊に襲われる危険性がないほうがいいからね。バーサならティナエ商人から援助も受けられる。治安の上でも心配ない。ティナエやシーラーフとの手紙のやりとりだって、ここよりはやり易い。何より言葉が通じる。オデットのことは確かに心配だけど、これだけしっかりとした施設があるのなら任せておいて、りはびりとやらの進み具合を都度確認しながら、改めて出直してくればいいと思うんだ」

オー・ド・ヴィもシュラの言葉に賛成した。

「財布をお預かりする立場としては、シュラ艦長の提案に賛成です。こちらでは、滞在費にどのくらいの費用がかかるのか全く予想がつきませんから」

「でも、それだとアマレットの負担が大きいわ」

プリメーラは、自分達がここに滞在していれば、全員で交代しつつオデットに付き添えるからアマレットの負担も軽減されるはずだと言った。

そういえば、とシュラは尋ねる。

「アマレット。君はこれまで寝食はどうしていたんだい？　ここで寝起きしていた訳じゃないんだろ？　それにその格好はなんだい？　いつも身だしなみにうるさい君らしくないね」

「今は、女性保護施設というところにお世話になっています」

「なんだいそこは？」

「行き場を失った女性に、宿と食事を与える施設だそうです。厳密に言えば、私は保護の対象とはならないのですが、外国人保護の名目で泊めていただいています。この服装は、その、あの、そのような施設には着の身着のまま保護される者が多いので、こうした古着が喜捨品として集められて、必要とする者には無償で下げ渡されるのです。見た感じはズボラに見えますが、この服装は病人の介護にとても向いてるんですよ……」

その言い訳めいた説明に、プリメーラは瞼を瞬かせた。

「そう……この国にはそういう制度もあるのね」

「ふむ、そこはボク達も頼ることが出来そうかな？」

「他に保護されている女達の数を見ますと、いささか難しいかと」

アマレットは、プリメーラとシュラ、そしてオー・ド・ヴィを見渡しながら言った。

「泊まるところなら、司厨長の船が借りられるでしょう？」

「ですがプリメーラお嬢様、あの帆艇を借りるのにさすがに無料という訳にはいきません」

「必要なことなのですから、そこは財布の紐を緩めるべきです。金額が大きくなるようであれば、後払いということにしていただけないか相談するのもいいでしょう」

きっぱりと言うプリメーラを見ると、シュラはふと違和感を得た。このプリメーラの態度はオデットとアマレットのためだけではないように感じられたのだ。

「プリム、もしかして君は何か別の目的を持っているのかい？」

するとプリメーラは頷いた。

「それって一体……」

シュラが詳しく尋ねようとすると、突然病室から悲鳴が上がった。諍《いさか》いの声が続いて聞こえ、シュラとプリメーラは血相を変えて病室へ飛び込んでいく。

「オディ！」

心配して飛び込んでいった二人が見たのは、興奮したオデットとメイベルにボコボコに叩かれている徳島の姿であった。

「な、ど、どうして？」

「だ、誰か、この二人を止めて！　助けて！」

徳島が叫ぶ。先ほど上がった悲鳴は、どうやら徳島のもののようだ。

仕方なくプリメーラとアマレットがオデットを、シュラとオー・ド・ヴィがメイベルを引き離す。そして皆を代表してシュラが尋ねた。

「一体何があったんだい司厨長？」

「突然、二人に殴られて」

「それは見れば分かるよ。ボクが聞きたいのは、どういう理由で殴られたのかってことなんだ。君、何かやったのかい？」

するとメイベルが、オデットを指差すと罵るように言った。

「こ、この女がいきなりハジメの子供を孕《はら》みたいから、ここで仕込めなどと言い出したから」

衝撃的な言葉にプリメーラとシュラは目を丸くした。

「オデット、まさか、そんな……」

「本当かい、オディ？」

するとオデットが不思議そうに尋ねた。

「そう思ったから言ったのだ。何が悪い？」

「わ、悪くはないよ。もちろん悪くはない……けど、今ここでとか、さすがに直截過ぎるというか何というか……そもそもそれでなんで司厨長が殴られてた訳？」

「病臥に伏せている者に手を上げるほど、躬も非常識ではないからのう」

メイベルはそう言い放った。つまりメイベルが徳島を突いたのは、オデットの身代わりなのだ。

「だからって普通、司厨長を殴るかい？」

「どうせ、この翼女がそんなことを言い出したのも、この男が原因に違いない。いつもの調子で困っている女子に情けをかけて回ったんじゃ。なら罰を受けるのも当然じゃろ？」

「なるほど……で、オディは、どうして司厨長を殴ってたんだい？」

「私は、ハジメが一方的に叩かれているから代わって反撃しようとしただけなのじゃ。なのにハジメはこの蒼い女を庇って！」

するとと徳島は言った。

「庇ってない、割って入っただけだって！」

するとメイベルはふふんと笑う。

「躬を庇ったんじゃ。それだけハジメが躬を大事に思っておるという証左じゃ。翼女はお呼びでないから、妄言も大概にしてとっとと諦めるんじゃな！」

「妄言とはなんだ！」

「子を孕みたいからこの場で仕込めなど、妄言以外の何物でもないじゃろうが！」

二人は再び睨み合った。そしてまたキャットファイトが勃発しそうになったその時、地の底から響くような声が病室に轟いた。

「一体何をなさっておいでですか、貴女達？　ここは病や怪我を負った方が、心と体を癒やす場所。爪を立てていがみ合うプロレスのリングではないのですよ！」

ぶっとい針を取り付けた注射器を手にした長身の看護師が現れたのである。

「いや、でもこれは」

「問答無用！　出てお行きなさい！」

繰り返すが、病院というのは人の生き死にに関わる場だ。そのため時として深刻な話が交わされる。命や、仕事や、お金といった人間の一生涯に関わる重要な問題が相談され、時に決定される。それだけに多少感情的なやりとりがなされても、看護師達は極力そっとしておく。しかし物事にはやはり限度というものがある。他の患者の静謐や安静を邪魔すると思われれば、たちまち看護師が鬼のごとき形相でやってくるのである。

「そんなに騒ぎたければ外でやりなさい！」

オデットは車椅子に座らされ、プリメーラ達や、徳島を含めた全員はたちまち病室から追い出されてしまったのである。

「徳島君、一体どうしたんです？」

遅れてやってきた江田島は、一体ここで何が起きたのかの説明を求めた。

しかし徳島は、「俺に聞かないでくださいよ、統括。まるで俺に原因があるみたいじゃないですか」と唇を尖らせ、自覚に欠けていることを言動でもって示したのである。


〈下巻に続く〉

大好評発売中!
累計600万部突破!
(電子含む)
ゲート SEASON1
大好評発売中!
コミックス
最新18巻
大好評発売中!
単行本
文庫
漫画
漫画:竿尾悟
●本編1~5/外伝1~4/外伝+
●各定価:1870円(10%税込)
●本編1~5〈各上・下〉/
外伝1~4〈各上・下〉/外伝+〈上・下〉
●各定価:660円(10%税込)
●1~18(以下、続刊)
●各定価:770円(10%税込)
スピンオフコミックスもチェック!!
ゲート featuring The Starry Heavens
原作:柳内たくみ
漫画:阿倍野ちゃこ
1~2
ゲート 帝国の薔薇騎士団 ピニャ・コ・ラーダ14歳
原作:柳内たくみ
漫画:志連ユキ枝
1~2
めい☆コン
原案:柳内たくみ
漫画:智
●各定価:748円(10%税込)

大ヒット
異世界×自衛隊
ファンタジー
ゲート
自衛隊
彼の海にて、
斯く戦えり
GATE SEASON 2
1〜5
柳内たくみ
Yanai Takumi
著
1〜5巻
好評発売中！
文庫1〜2巻
（各上・下）
大好評発売中！
ゲート
SEASON 2
1.抜錨編
GATE
自衛隊 彼の海にて、斯く戦えり
柳内たくみ
舞台は異世界の海！ゲート海自編、ついに開幕！
海上自衛隊VS
異世界海賊＆海軍！
累計420万部！超スケールの自衛隊×異世界ファンタジー！
GATE
ゲート
SEASON 2
自衛隊
彼の海にて、
斯く戦えり
1
抜錨編
柳内たくみ
上
『ゲート』シリーズ累計
ついに
500万部
突破！
海自編、待望の文庫化！
豪華賞品が当たる
GATE
ゲート
SEASON 2
自衛隊
彼の海にて、
斯く戦えり
1
抜錨編
柳内たくみ
下
『ゲート』シリーズ累計
ついに
500万部
突破！
海自編、待望の文庫化！
豪華賞品が当たる
●各定価：1870円（10%税込）
●Illustration：Daisuke Izuka
●各定価：660円（10%税込）
●Illustration：黒獅子

月が導く異世界道中
Tsukiga Michibiku Isekai Dochu
あずみ圭
Azumi Kei
1~15
8.5
シリーズ累計
170万部の
超人気作！
（電子含む）
TVアニメ化！
2021年7月放送開始！
TOKYO MX・MBS・BS日テレほか
最新16巻
6月下旬
発売予定！
コミックス
最新9巻
6月下旬発売予定！
CV 深澄 真：花江夏樹
巴：佐倉綾音 澪：鬼頭明里
監督：石平信司 アニメーション制作：C2C
異世界へと召喚された平凡な高校生、深澄真。彼は女神に「顔が不細工」と罵られ、問答無用で最果ての荒野に飛ばされてしまう。人の温もりを求めて彷徨う真だが、仲間になった美女達は、元竜と元蜘蛛!?とことん不運、されどチートな真の異世界珍道中が始まった！
月が導く異世界道中
あずみ圭
薄幸系男子の
成り上がり
ファンタジー
開幕！
なんでだろう
親の都合で
異世界へ
読者賞受賞作！
●各定価：1320円（10%税込）
●illustration：マツモトミツアキ
月が導く異世界道中
1
あずみ圭
木野コトラ
とことん不運、されどチート!!
シリーズ累計29万部
漫画：木野コトラ
●各定価：748円（10%税込）●B6判

アルファライト文庫

この作品に対する皆様のご意見・ご感想をお待ちしております。

おハガキ・お手紙は以下の宛先にお送りください。

【宛先】

〒150-6008 東京都渋谷区恵比寿4-20-3 恵比寿ｶﾞｰﾃﾞﾝﾌﾟﾚｲｽﾀﾜｰ 8F
（株）アルファポリス　書籍感想係

メールフォームでのご意見・ご感想は右のＱＲコードから、
あるいは以下のワードで検索をかけてください。

アルファポリス　書籍の感想　検索

ご感想はこちらから

本書は、2018年5月当社より単行本として
刊行されたものを文庫化したものです。

ゲート SEASON2《シーズン》 自衛隊《じえいたい》 彼《か》の海《うみ》にて、斯《か》く戦《たたか》えり 2.謀濤編《ぼうとうへん》〈上《じょう》〉

柳内たくみ（やないたくみ）

2021年6月4日初版発行

文庫編集－藤井秀樹・宮本剛
編集長－太田鉄平
発行者－梶本雄介
発行所－株式会社アルファポリス
〒150-6008東京都渋谷区恵比寿4-20-3恵比寿ガーデンプレイスタワー8F
TEL 03-6277-1601（営業） 03-6277-1602（編集）
URL https://www.alphapolis.co.jp/
発売元－株式会社星雲社（共同出版社・流通責任出版社）
〒112-0005東京都文京区水道1-3-30
TEL 03-3868-3275
装丁・本文イラスト－黒獅子
装丁デザイン－ansyyqdesign
印刷－中央精版印刷株式会社

価格はカバーに表示されてあります。

落丁乱丁の場合はアルファポリスまでご連絡ください。

送料は小社負担でお取り替えします。


ISBN978-4-434-28858-6 C0193